柏林谍影

[英]约翰·勒卡雷 著　　周小进 译

THE SPY WHO CAME IN FROM THE COLD

John le Carré

上海译文出版社

图书在版编目(CIP)数据

柏林谍影 / (英) 约翰·勒卡雷著 ; 周小进译.
上海 : 上海译文出版社, 2025. 7. --(约翰·勒卡雷作品). -- ISBN 978-7-5327-9809-4

Ⅰ. I561.45

中国国家版本馆 CIP 数据核字第 2025CH0510 号

柏林谍影
[英] 约翰·勒卡雷 著 周小进 译
责任编辑/ 宋佥 装帧设计/王鹏阳

上海译文出版社有限公司出版、发行
网址:www.yiwen.com.cn
201101 上海市闵行区号景路 159 弄 B 座
上海雅昌艺术印刷有限公司印刷

开本 787×1092 1/32 印张10.25 插页 5 字数124,000
2025 年 7 月第 1 版 2025 年 7 月第 1 次印刷
印数:0,001—6,000 册

ISBN 978 - 7 - 5327 - 9809 - 4
定价:68.00 元

目录

-1-

检查站

美国人又给利马斯递了杯咖啡，说道："你为什么不回去睡觉呢？他一出现，我们就给你打电话。"

利马斯没说话，只是瞪大眼睛，透过检查站的窗户，看着外面空旷的街道。

"你不能一直等下去啊，先生。也许他这会儿来不了。我们可以让德国警方联系局里，你过二十分钟再来就行了。"

"不，"利马斯说，"天快黑了。"

"可你不能一直等下去啊。他都迟了九个小时了。"

"你想走就走吧。你干得很好，"利马斯又说，"我会跟克雷默说的，你干得好得很。"

"可是，你打算等多久呢？"

"等到他来。"利马斯走到瞭望窗前，站在两名一动不动的警察中间。那两人都拿着双筒望远镜，对着东部的检查站。

“他在等天黑，”利马斯喃喃地说，“我知道。”

“上午你说他会和工人们一起过境。”

利马斯转过脸来。

“情报人员又不是飞机航班。他们没有时间表。他身份暴露了，他在逃命，他心里害怕。蒙特要抓他，现在就在后面追。只有这一个机会。让他自己挑时间。”

年轻人犹豫了一下。他想走开，却找不到合适的时机。

室内响起了铃声。他们立即警觉起来。一名警察用德语说：“一辆黑色欧宝，联邦德国车牌。”

“他是猜的，天黑了看不到那么远。”美国人低声说，接着又补充道，“蒙特是怎么知道的呢？”

“闭嘴，”站在窗前的利马斯说道。其中一位警察走了出去，来到沙袋掩体前。离掩体不到两英尺的地方，便是那条横贯马路的白色分界线，像网球场的底线。另一位警察等他的同事在掩体内的望远镜前蹲好，这才放下手中的双筒望远镜，从门边的挂钩上取下黑色头盔，认认真真地戴好。检查站上方，几盏高高的探照灯亮了起来，光柱像舞台上的聚光灯，投射在他们前方的路上。

警察开始汇报情况。利马斯都会背了。

“汽车一辆，停第一管控区。乘客一名，女性。正由东德警察带至检查室内查验证件。”大家静静地等待着。

“他说什么呢？”美国人问。利马斯没回答。他拿起一副闲置的双筒望远镜，牢牢盯着东德检查站那边。

“证件查验结束。进入第二管控区。”

“利马斯先生，是你要等的人吗？”美国人追着问，“我该通知局里。”

“等着。”

“现在车在哪儿？在干吗？”

“查外币，过海关，”利马斯不耐烦地回答。

利马斯盯着那辆车。驾驶室门边站着两名东德警察，一个在交谈，另一个站在一旁等着。还有一名警察在围着车转悠。他在行李厢旁站了一会儿，然后走到驾驶室边，要走了钥匙。他打开行李厢，朝里面看看，又关上行李厢，将钥匙还给司机。接着，他沿马路走了大约三十码，来到双方检查站的中间地带。一名孤独的东德哨兵在那儿站岗，他穿着军靴和宽松军裤，从远处看其侧影，显得粗矮壮实。两人站在一起交谈，都知道此刻自己在探照灯下，被周围的眼睛看得一清二楚。

他们随意挥了挥手，让汽车继续向前。车来到路中间两名哨兵跟前，又停了下来。他们围着车走了一圈，站到一旁，又开始交谈。最后，他们几乎是不情不愿地让车继续前进，穿过界线，进入了西区。

“你要等的是个男人吗，利马斯先生？”美国人问道。

“对，是个男人。”

利马斯将外套衣领拉起来，迈步走入10月刺骨的风中。这时他想起了这些人。待在室内，你会忘记他们的存在，忘记这些茫然的面孔。人会换，但脸上的茫然神情不会换。就像无助的围观群众，聚集在交通事故现场，谁也不知道事故是如何发生的，该不该移动受害者的身体。烟雾或灰尘在弧光灯的光柱中升起、飘过，光柱和光柱之间，涌动着一团永恒的烟尘。

利马斯走到车前，对那个女人说：“他在哪儿？”

“他们来抓他，他跑了。骑自行车的。他们不知道我的情况。”

“他去哪儿了？”

“我们在布兰登堡附近有个房间，楼下是家酒吧。他在那儿存了点东西——钱和文件。我想他可能去那儿了。然后他就会过来。”

“今晚？”

“他说他今晚会来。其他人全被抓了——保罗、韦雷克、兰瑟、萨洛蒙。他时间不多了。”

利马斯没说话，盯着她看了一会儿。

“兰瑟也被抓了？”

“昨天晚上。”

一名警察来到了利马斯身边。

“你们要挪一下，”他说，“禁止阻挡过境通道。”

利马斯略略转过身子。

“滚。”他厉声道。德国警察挺直了身子，却听女人说道：

“上来吧。我们把车开到角落里。”

他上了车，坐在她旁边。车缓缓拐上一条侧道。

“我不知道你还有辆车。”他说。

“是我丈夫的，”她淡淡地说，“卡尔没告诉你我结婚了，是不是啊？”利马斯沉默不语。“我和丈夫在一家眼镜店上班。他们允许我们过境做生意。卡尔只跟你说了我的闺名。他不想我和你……搞在一起。”

利马斯从口袋里掏出一枚钥匙。

“你需要个地方住。”他说。他的声音听起来很平淡。“阿尔布雷希特·丢勒街上有个公寓，博物馆隔壁。门牌号是28A。要的东西都有。他来了，我会给你打电话。”

“我要和你在这儿待着。”

“我不在这儿待。去公寓吧。我会给你打电话。现在没必要在这里等。”

“但是，他要到这个过境点的。”

利马斯惊讶地看着她。

“他跟你说过？”

“对。他认识那边一个东德警察，是他房东家的儿子。也许帮得上忙。所以他选了这个地方。”

“我是说，他跟**你**说过？”

“他信任我。什么都跟我说。”

“天哪。”

他把钥匙给了她，回到了检查站，从寒冷的室外回到室内。进屋时，两位警察正在窃窃私语。块头大的那位夸张地转过身来。

“抱歉，”利马斯说，“很抱歉，我刚才不该吼你。”他打开一个破破烂烂的行李箱，在里面翻了一会儿，最后找到了他想要的东西——半瓶威士忌。年长的那位点点头，接了过去，然后往每只咖啡杯里倒了半杯威士忌，再倒满黑咖啡。

“那个美国人呢？”利马斯问。

“谁呀？”

“中情局的小家伙。和我一起的那个。”

“时间到了，小朋友去睡觉啦。”年长的那位警察说完，大家都笑起来。

利马斯放下杯子，说道：“如果有人遭到追捕，我们为了保护他过境，需要开枪射击，你们这方面有什么规定吗？”

“只有在东德警察朝我们这边射击的情况下，我们才可以提供火力掩护。”

“也就是说，在他越过边境线之前，你们是不能开枪的？”

年长的警察说，“我们不能提供火力掩护，这位……”

“托马斯，”利马斯回答道，“我叫托马斯。”他们握了握手，两名警察同时也说出了各自的名字。

“我们不能提供火力掩护。这是实情。他们说，我们开枪，就会引发战争。”

“那是胡说八道。”年轻的警察喝了威士忌，胆子大了起来，“要不是盟军在，柏林墙现在早没了。”

“那柏林也没了。”年长的警察喃喃说道。

"我今晚有个人要过来。"利马斯突然说。

"这儿吗？过这个检查站？"

"他值得我们下血本把他弄出来。蒙特的人在找他。"

"有些地方还是可以爬过来的。"年轻的警察说。

"他不是那种人。他会一路忽悠过来。他有证件，如果证件还有效的话。还有辆自行车。"

检查站里只有一盏灯，用来读书的，有绿色的灯罩，但探照灯的光亮映满了屋子，像人造的月光。夜幕已经降临，周围寂静无声。他们悄声说着话，好像担心被人偷听一样。利马斯走到窗前，等着。他面前是公路，两侧都是柏林墙，这是个肮脏、丑陋的东西，由煤渣砖和一股股带刺铁丝构成，被廉价的黄色灯光照亮，像某个集中营的背景。柏林墙的东西两侧都是战后没有重建的柏林城区，荒凉萧瑟，像一幅二维图画，那是战争留下的峭壁。

那个该死的女人，利马斯心想，还有那个傻瓜卡尔，在她的事情上撒了谎。有意不说某些信息，他们都这样，全世界的间谍。你教他们欺骗，教他们隐藏痕迹，他们同样也欺骗你。他只带她出现过一次，那是去年在舒尔茨街吃过晚饭以后。卡尔刚刚捞了条大鱼，老大要见他。成功时刻，老大一定会出场。他们一起吃了晚饭：利马斯、老大和卡尔。卡尔喜欢这种场合。他穿得像个星期天上教堂的小男孩，浑身上下光鲜亮丽、一尘不染，见面的时候还礼貌地脱帽致敬。老大握住他的手，五分钟都没松开。他说："我要告诉你，卡尔，我们非常高兴，高兴极啦。"利马斯在一旁看着，心想：他这一高兴，每年又要多花掉我们几百块啦。吃完晚饭后，老大又抓住他们的手不停晃动，一边颇有深意地点着头，一边暗示他要走了，要到另外某个地方去冒生命危险，然后才钻进由专职司机驾驶的汽车。当时卡尔大笑起来，利马斯也跟着大笑，直到两人喝完香槟，仍然在笑话老大。后来，他们去了老木桶酒吧，是卡尔坚持要去的，埃尔维拉便在那里等他们。她是个四十岁的金发女人，精明干练。

"亚历克，没人知道这个秘密。"卡尔说。利马斯勃然大怒。后来他们吵了一场。

"她知道多少？她是谁？你怎么认识她的？"卡尔不高兴了，不愿意回答。从那以后，事情就不好了。利马斯试图更改惯例，换掉见面的地点和暗号，但卡尔不喜欢。他知道利马斯为什么这么做，所以他不喜欢。

"就算你不信任她，现在反正也迟了。"他说。利马斯明白他的意思，也就不说了。不过，从那以后，他更加小心，对卡尔说的少了，经常使用间谍活动中推诿哄骗的技巧。可她还在那儿，就在自己的车里，什么都知道，整个网络、安全屋的位置，什么都知道。利马斯发誓，以后再也不相信任何间谍了，但这不是他第一次发誓。

他走到电话旁，拨了自己公寓的号码。接电话的是玛莎女士。

“我们丢勒街上来了客人，”利马斯说，“一男一女。”

“夫妻？”玛莎问。

“差不多吧。”利马斯说。玛莎发出了她那可怕的笑声。他刚放下听筒，一名警察便走了过来。

“托马斯先生！快来！”利马斯走到观测窗前。

“一个男人，托马斯先生，”年轻的警察低声说，“骑着自行车。”利马斯拿起双筒望远镜。

正是卡尔，就算隔了这么远，那体型也错不了。他穿着德式防雨风衣，推着自行车。他成功了，利马斯心想，他肯定是成功了，他已经通过了证件查验，只剩查外币和过海关了。利马斯看着卡尔将自行车靠在栏杆上，然后悠闲地走进了海关室。别演过头了，他心里想。最后，卡尔总算走了出来，高兴地冲路障边的那个人挥了挥手，红白相间的栏杆缓缓抬起。他过来了，他正朝他们走来，他成功了。只要经过路中央的东德警察，越过边境线，他就安全了。

就在此时，卡尔似乎听到了什么声音，察觉到了危险。他回头望了一眼，开始猫下腰，俯身在车把上，拼命蹬自行车。桥上仍旧站着那名孤独的哨兵，他已经转过身，正看着卡尔。突然之间，所有的探照灯都亮了起来，白光耀眼，光柱追上卡尔，罩在他身上，像汽车的头灯罩住兔子。警报响起，高一声低一声，如同哀嚎，四下里传来急切而嘈杂的命令声。利马斯跟前那两名警察跪下来，凑在沙袋的缝隙间望着，同时干净利索地给自动步枪装好了弹匣。

东德的哨兵开枪了。他小心翼翼，保持着和西德警察的距离，只朝东德的范围内射击。第一枪好像将卡尔朝前推去，第二枪似乎又将他拉回。可他仍然在移动，仍然在自行车上，从哨兵前面经过，而哨兵仍然在朝他射击。接着，他便瘫软下来，滚落在地，他们清晰地听见了自行车咣当倒地的声音。利马斯心中暗暗祈祷，希望他当场就断了气。

-2-

圆　场

他看着滕帕尔霍夫机场的跑道在下方渐去渐远。

利马斯不是个喜欢沉思的人，也不算特别看得开。他知道自己报废了——这是生命中无法避免的事实，从今往后他必须接受，正如有些人必须接受癌症或牢狱。他知道，无论提前做任何准备，都无法填平过去和现在之间的鸿沟。他面对失败，就像他某一天必将面对死亡一样，有些愤世嫉俗的怨恨，也有孤独者的勇敢。他坚持得比大多数人更久。现在呢，他废了。据说，没了牙齿的狗，其实已经死了。从这个意义上讲，利马斯的牙齿已经被拔掉了。拔掉他牙齿的人，正是蒙特。

如果是十年前，利马斯也许还有别的路可走——剑桥圆场那幢无名的政府大楼里，还有办公室工作，他可以一直做下去，天知道会做到什么年纪。但是，他不是那块料。让利马斯丢下实际行动，到白厅去夸夸其谈、明争暗斗、谋取私利，倒不如让赛场的马师去当赌金计算员。他一直留在柏林，知道每年年底人事部门都会对他的档案进行评估——说他顽固任性，藐视上级命令，总想着能做票大的。情报工作有一条道德法则——结果决定一切。连白厅的滔滔雄辩，也必须承认这条法则，而利马斯的工作是能够产出结果的。在蒙特出现之前。

奇怪的是，利马斯很快就意识到，蒙特就是那不祥之兆。

汉斯-迪特尔·蒙特，四十二年前生于莱比锡。利马斯熟悉他的档案，熟悉封面内页上那张照片：浅黄色的头发，刚毅的面孔毫无表情。蒙特如何掌权，成为总局的二把手和实际行动负责人，利马斯都一清二楚。大家憎恨蒙特，连他自己部门的人也不例外。利马斯知道，因为他看过投诚间谍的证词，还有里梅克，他担任统一社会党常委期间，与蒙特在安全委员会里共过事，对他颇为忌惮。结果证明，他的忌惮是正确的，因为蒙特后来杀了他。

1959年之前，蒙特只是部里一名低级员工，以东德钢铁代表团成员的身份为掩护，在伦敦开展工作。他为了自保，杀死了两名自己的间谍，随即匆忙赶回德国，此后一年多都没有消息。后来，他突然出现在莱比锡的总局总部，担任后勤保障处处长，负责为特别行动提供资金、设备和人员。当年年底，总局内部发生重大权力斗争。苏联联络官员的数量和影响力大幅降低，几名老兵因为意识形态问题被解职，三位新人粉墨登场：菲德勒负责反情报工作；雅恩取代蒙特负责后勤装备；四十一岁的蒙特则青云直上，成了行动司副司长。此后，事情便开始发生变化。利马斯失去了第一位间谍，是个女孩，只是情报网络中的一个小角色，负责传递工作。她在离开西柏林一家电影院时，被他们当街射杀。警方没有找到凶手，利马斯一开始差点儿认为这是偶然事件，与情报网络无关。一个月后，德累斯顿一名火车搬运工遇害，残损的尸体被丢弃在火车道旁。他是一名已被弃用的间谍，原来属于彼得·吉勒姆的情报网络。利马斯知道，这绝不是巧合。不久后，利马斯控制下的另一个情报网络中，又有两名成员被捕，后被判处死刑。事情就这样发展着，难以遏制、令人不安。

现在，他们又干掉了卡尔，而利马斯正离开柏林，就像他来时一样——有价值的间谍，一个也没有了。蒙特赢了。

利马斯个子不高，留着铁灰色的短发，身材像游泳运动员。他非常强壮。后背、肩膀、脖子以及短而粗的双手和手指，都透露着强大的力量。

他穿衣务实，对大多数事情，他也都采取实用的态度，连偶尔佩戴的眼镜也是钢框的。他的大多西装都是人造纤维的，而且一律不带背心。他喜爱衣领末端有纽扣的美式衬衫，以及有橡胶底的绒面皮鞋。

他长相英俊，面部刚毅，薄薄的嘴唇形成倔强的线条。他眼睛小，是褐色的，有人说像爱尔兰人。很难给利马斯定位。要是他走进一家伦敦俱乐部，看门人肯定不会把他当作俱乐部成员。到了柏林夜总会里，人们常常给他最好的桌子。他看起来像是会惹麻烦的人，会照顾好自己的钱财，算不得什么绅士。

飞机上的女乘务员觉得他挺有趣。她猜他来自英格兰北部，而且有钱。前者倒有可能，后者不对。她猜他五十岁，这大差不差。她猜他单身，这算猜对了一半。他很久以前离过婚，还有几个十几岁的孩子，伦敦城某个奇怪的私人银行定期给孩子们转抚养费。

“你要是还想来杯威士忌，”女乘务员说，“那最好快点儿。过二十分钟，我们就到伦敦机场啦。”

“不喝了。”他没看她，而是眼睛望着窗外，看着肯特郡那灰绿色的原野。

弗利在机场接他，开车送他到伦敦市区。

“卡尔的事情，老大很生气。”他侧视着利马斯，说道。利马斯点点头。

“怎么回事？”弗利问。

“他被射杀了。蒙特发现了他。”

“死了？”

“这时候，我想死了吧。最好是死了。他就差一点点。他不应该那么急，他们根本没法确定。他刚通过检查站，总局就到了。他们拉响了警报，一名东德警察对他开了枪，在离边境线不到二十码的地方。他在地上还挣扎了一会儿，然后就一动不动了。”

“可怜的家伙。”

“是啊。”利马斯说。

弗利不喜欢利马斯，这一点利马斯就算知道，也不会在乎。弗利这种人出入各大俱乐部，佩戴有俱乐部标识的领带，滔滔不绝地谈论运动员们的技能，往来文书上总要带上自己的行政级别。他把利马斯当嫌犯，利马斯把他当傻子。

“你在哪个部门？”利马斯问。

“人事处。”

“喜欢吗？”

“妙不可言。”

“现在我要上哪儿？停职？”

“老伙计，这事儿还是让老大跟你说吧。”

“你知道吗？”

“当然知道。”

“那你干吗不告诉我？”

“抱歉啊，老伙计。”弗利回答。突然之间，利马斯几乎真的要发脾气了。但他随即想到，弗利很可能说的是假话。

“好吧，告诉我一件事，好不好呢？我他妈的要在伦敦找间公寓吗？”

弗利挠挠耳朵。“我想不用了，老伙计，不用。”

“不用？真是谢天谢地。”

他们把车停在剑桥圆场附近一个自动停车收费器旁，然后两人一起进了大厅。

“你没有通行证，是吧？你最好填个表，老伙计。”

“我们什么时候开始搞通行证啦？麦卡尔跟我，比跟他妈还熟。”

“就是个新规定。圆场人多了，你也知道。”

利马斯一句话没说，冲麦卡尔点了点头，没出示通行证便进了电梯。

老大小心翼翼地握住他的手，像医生查验患者手上的骨头。

“你肯定累坏了，”他带着歉意说道，“请坐请坐。”还是那乏味的声音，那刺耳的学究语调。

利马斯在一把椅子上坐下来，椅子前面有一个橄榄绿色的电取暖器，取暖器上面放着一碗水。

“你觉得冷吗？”老大问道。他弯着腰凑在取暖器跟前，搓着双手。他穿着破旧的褐色长袖开襟毛衣，外面套一件黑色夹克。利马斯想起了老大的妻子，名叫曼迪，是个身材矮小的傻女人，以为丈夫在煤炭局上班。这件毛衣大概是她织的。

“太干燥了，这就是问题所在，”老大接着说，“屋子暖了吧，空气就干。也同样危险。”他走到桌前，按了一个按钮。“我们看看能不能来点咖啡，”他说，“金妮放假了，这就是问题所在。他们给我派了个新姑娘。事情的确太糟糕了。”

他比利马斯记忆中更矮。除此之外，都是老样子。还是那假装出来的漫不经心，还是那学究式的自鸣得意。还是害怕干燥，还是那套中规中矩的礼貌，和利马斯的经历相差十万八千里。还是那副皮笑肉不笑的模样，精心维持着的低调谦逊。还和以前一样，面露歉意地坚守着一套行为规范，却又假装认为那套规范荒诞不经。还是和以前一样无趣。

他从桌上拿起一包香烟，给利马斯递了一根。

“你会发现，香烟涨价啦。”他说。利马斯配合地点点头。老大一边将香烟放进口袋，一边坐下来。一阵沉默。最后，利马斯说：

“里梅克死了。”

“是啊，没错，”老大表态道，好像利马斯刚刚提了一个不错的想法，“这非常不幸。大多……我想是那个女孩暴露了他的身份吧——埃尔维拉？”

“我想是的。”利马斯没打算问他是怎么知道埃尔维拉的。

“蒙特让人杀了他。”老大又说。

“是的。”

老大站起身，在房间里走来走去，找烟灰缸。他终于找到一只，并将烟灰缸尴尬地放在两人座椅之间的地板上。

“你感觉如何？我是说，里梅克被枪杀的时候。你亲眼看到了，对不对？”

利马斯耸耸肩膀。“我他妈的火得很。”他说。

老大的脑袋歪向一边，半闭着眼睛。“你的感受肯定不止于此吧？你肯定感到难过吧？那会更加自然。”

“我是难过啊。谁不会呢？”

“你喜欢里梅克吗——他这个人？”

“我想算喜欢吧。”利马斯无助地说。“这事儿深究似乎没什么意义。”他又说。

“里梅克被枪杀之后，当天晚上你后来干什么了？”

“喂，这是怎么回事？”利马斯怒气冲冲地问，“你这是要干什么？”

“里梅克呢，”老大若有所思地说，“是一系列死亡中的最后一例。如果我记得没错，最早是个女孩吧，在威丁区被枪杀的，在电影院外面。然后是德累斯顿那个人，接着是耶拿市的抓捕。一个接一个，简直像小孩数数一样。现在，保罗、韦雷克、兰瑟——全都死了。最后轮到了里梅克。”他不以为然地笑了笑。“这可是很高的损耗率啊。我想，你是不是觉得受够了。”

“够了——是什么意思？”

“我想你是不是累了。筋疲力尽了。”长时间的沉默。

“那要看你了。”利马斯最后说道。

“我们不能有同情心，是不是？当然，那是不可能的。我们演给别人看，一副铁面无情的样子，但实际上我们不是那样的。我的意思是……一个人不可能一直在外面做事。迟早总要回来……我的意思，你看得明白吗？”

利马斯看得明白。他看到了鹿特丹市外那条长长的公路，沙丘群旁那条长长的、笔直的公路，还有路上长长的难民队伍。他看到了几英里外那架小飞机，人群停下脚步，望着飞机。接着飞机飞过来，几乎就在沙丘上方，炸弹落在公路上。他看到了混乱的人群，像疯狂的地狱。[1]

“老大，我没法这样对话，”利马斯最后说，“你要我怎么做？”

“我要你在外面再待一阵子。”利马斯没说话，于是老大继续说道：“根据我的理解，我们的工作道德，基于一个原则。那就是，我们永远不当侵略者。你认为这公平吗？”

1　1940 年 5 月，纳粹空军轰炸鹿特丹，致八百多名平民死亡，城市尽毁。

利马斯点点头。只要能不开口，什么都行。

“所以我们去做令人不快的事情，但我们那是**防御**。我想这一点还是公平的。我们做令人不快的事情，让这里的人民、其他地方的人民，晚上在床上可以睡得安稳。这是太浪漫了吗？当然，偶尔我们也做非常邪恶的事情。”他像个小男孩一样咧嘴一笑。“在权衡道德时，我们挺喜欢做不恰当的比较。毕竟，现在你不能拿一边的理想，去和另一边的手段做比较，是不是呢？”

利马斯给弄糊涂了。以前听人说，这家伙在亮出底牌之前，要说一大堆废话。但是，这样的话他还是第一次听见。

“我是说，你总该拿手段和手段比较，拿理想和理想比较。我想说，战后我们的手段——我们的手段和对方的手段——已经差不多了。我是说，你不能因为你方政府**政策**上友善，就听凭对方比你更加凶狠，是不是啊？”他无声地笑了笑。“那是**绝对**不行的。”他说。

天哪，利马斯心里想，这简直就像是给该死的牧师做事。他**到底**要干什么啊？

“所以呢，”老大继续说道，“我想我们应该想办法除掉蒙特……哎呀，对了，”他不耐烦地转身对着门，“该死的咖啡怎么还没来？”

老大走过去，把门打开，对外间某位看不见的女孩说了句话。回来后，他接着说道：“我真的认为，我们应该除掉他，如果能做到的话。”

“为什么？我们在东德已经一无所有了，什么也没留下。刚才你自己说的——里梅克是最后一位。我们没有任何东西需要保护了。”

老大坐下来，盯着自己的手看了一会儿。

“倒也不能说没有任何东西，”他开口说道，“不过我就不拿细节来烦你了。”

利马斯耸耸肩膀。

“告诉我，”老大继续说道，“你厌倦当间谍了吗？我重复了这个问题，请你原谅。我是说，这种情况我们是理解的，你知道。像飞机设计师……金属疲劳。我想是这个词。如果你厌倦了，一定要说啊。”

利马斯想起当天上午回家的航班，不知道该怎么回答。

“如果你厌倦了，”老大又说，“那我们要想别的办法对付蒙特。我的想法有点儿不同寻常。”

女孩拿着咖啡进来了。她将托盘放在桌上，倒了两杯咖啡。老大一直等到她离开房间。

“真是个蠢姑娘，”他几乎是自言自语，“他们再也找不到好姑娘了，真是奇了怪了。我真希望金妮不要在这时候去度假。”他伤心欲绝地搅了一会儿咖啡。

“我们真的必须搞垮蒙特，”他说，“告诉我，你喝得多不多？威士忌啊，这类东西？”

利马斯以前还觉得，自己已经熟悉了老大的套路。

“我喝一点儿。比大多数人多吧，我想。”

老大点点头，表示理解。“你对蒙特了解多少？”

“他是个杀手。在这儿待过一两年，在东德钢铁代表团里。那时候我们这儿有个参谋，名叫马斯顿。”

“正是。”

“蒙特手下有名女间谍，丈夫是外交部员工。他杀了她。”

“他还试图杀害乔治·史迈利。当然，他也杀了那个女人的丈夫。他是个很让人讨厌的家伙。前希特勒青年团成员，诸如此类的经历。根本不像知识型的共产主义者。冷战的执行人。”

“和我们一样。”利马斯不动声色地笑话道。老大没有笑。

“乔治·史迈利熟悉这个案子。他不跟我们做事了，但我想你应该把他找出来。他在研究和十七世纪德国相关的什么东西。住在切尔西，就在斯隆广场后面。拜沃特街，你知道那地方吗？”

“知道。”

“还有，吉勒姆也介入过那个案子。他现在在卫星四处，在二楼。和你那时候都不一样了。”

“是的。”

“去找他们待一两天吧。他们知道我的想法。然后呢，不知道你愿不愿意和我过周末。我的妻子呢，”他急忙补充道，“恐怕要照顾她母亲。只有我们俩。”

“谢谢。好的。”

“我们可以舒舒服服地谈事情。那会非常棒的。我想你还能从中挣到不少钱呢。挣多少都是你的。”

“谢谢。”

“当然，前提是你**确定想干**……没有金属疲劳什么的？”

“如果是搞掉蒙特的事儿，我干。”

“你真这么觉得？”老大礼貌地问道。他若有所思地盯着利马斯看了一会儿，又说：“是的，我想你真这么觉得。可是，你不要觉得，你**必须**这么说。我是说，在我们的世界里，我们会瞬间跳出恨或爱的领域——就像狗听不见某些声音。到最后，留下来的只有某种恶心感。你永远也不想让别人受苦了。请原谅，但你看到卡尔·里梅克被枪杀的时候，不就是这种感觉吗？没有对蒙特的恨，没有对卡尔的爱，就是突如其来的恶心感，像麻木的身体被突然击中……他们跟我说，你整晚整晚地走路——就是在柏林的街道上走。是真的吗？”

“我是去走路了，是真的。”

“整个晚上？”

“是的。”

“埃尔维拉后来怎么样了？”

“天知道……我愿意去干掉蒙特。”他说。

“好……好。顺便说一句，如果你还想见见老朋友的话，我想没必要跟他们讨论这件事。其实呢，”老大顿了顿，又说道，“不要给他们什么好脸色。要让他们觉得，我们对你很不好。既然决定要前行，不妨现在就动身，是不是啊？”

-3-

颓 废

他们让利马斯坐冷板凳，谁也不觉得意外。他们说，柏林多年基本毫无建树，总要有人为此负责。而且，他年纪大了，已经做不了外勤，做外勤的反应要快，像专业网球手一样。利马斯在战争期间表现优秀，大家都知道。虽然环境恶劣，他在挪威和荷兰却一直很活跃，战争结束时，他们给他发了枚奖章，让他走了。当然，后来他又被召了回去。至于他的养老金，那就是运气不好了，绝对是运气不好。这是会计处传出来的消息，其实就是埃尔西说的。她在餐厅里说，可怜的亚历克·利马斯只能靠一年四百英镑生活，因为他的服役中断了。埃尔西认为，这条规则真应该修改。不管怎么说，利马斯先生还是服役了，不是吗？可是，财务的人在后面盯着，和以前不一样了，他们又有什么办法？就算是马斯顿当头儿的那些糟糕日子，事情都管得比现在好。

她对新来的说，利马斯是老派人士。激情、胆量、板球、学校证书。还要会说法语。这些条件放到利马斯身上，碰巧很不公平。他会讲英语和德语，荷兰语也好得很。他还不喜欢板球。不过，他没有学校证书，这倒是真的。

利马斯的合同距离到期还有几个月的时间，他们便把他放到金融处去混日子。金融处和会计处不一样，处理的是海外支付，为间谍和活动提供资金。要不是保密程度高，金融处的大部分工作，一个办公室的小伙子就能干完。所以，金融处被认为是安置即将退休的官员的地方。

利马斯慢慢垮了。

一般认为，一个人垮掉是个比较缓慢的过程，但利马斯的情况不一样。在同事们众目睽睽之下，他从一名即将荣誉退休的员工，变成了一个怨气冲天的酒鬼——整个过程只有几个月。酒鬼身上有一种呆气，尤其是在清醒的时候，好像心思不在现场，如果不仔细观察，你会认为那是在犯迷糊。利马斯以超常的速度表现出了这一特点。他开始讲一些无关痛痒的假话，从秘书们那儿借点小钱又不记得还，不是迟到就是早退，问起来便嘟嘟囔囔找个借口。一开始，同事们都迁就他。也许他的衰弱吓到了他们，就像我们被跛子、乞丐和残疾人吓到一样，因为我们害怕自己也会变成他们的样子。但是，时间长了，他的疏忽大意和毫无道理的强烈恶意，终于让他成了孤家寡人。

让大家感到意外的是，利马斯似乎并不在乎坐冷板凳。他的意志力好像突然之间崩塌了。涉世未深的秘书们不愿意相信，情报局的工作人员也是凡夫俗子，看到利马斯潦倒落魄，都吃了一惊。他不像以前那样注意外表，也不怎么关心周围的事情。他在餐厅里吃午饭，一般只有低级员工才在那儿用餐。还有人说，他开始酗酒了。他成了一个孤独的人，像禁止下水的游泳运动员，或者不许上台的演员——这是个悲惨的群体，虽有行动能力，却过早被剥夺了行动的机会。

有人说，他在柏林犯了个错误，所以他的整个情报网才被一窝端了，但具体情况谁也不知道。大家都认为，人事处本来就很苛刻，对他更是无情。他经过的时候，大家会悄悄指出他，就像人们指出过气的运动员一样，说："那就是利马斯。他在柏林犯了错。看他自暴自弃的样子，真是可怜啊。"

有一天，他突然消失了。没跟任何人告别，似乎都没跟老大打声招呼。这本身没什么好奇怪的。由于情报工作的特殊性质，不会举行复杂的告别仪式，或者赠送一块荣休纪念金表。但是，就算按照情报工作的标准，利马斯的离开也很突然。根据所掌握的消息来看，他是在法定合同期限结束前离开的。会计处的埃尔西透露了一点儿消息：余下的工资，利马斯要的是现金。根据埃尔西的判断，这说明他的银行账户出了问题。他的退休补贴要到月底才发，她可不能说出具体数字，但肯定没有四位数，这可怜的人。他的国民保险卡已经寄出去了。人事处有他的地址，然后埃尔西不屑地补充了一句：可他们不肯说是哪儿，人事处就这德行。

后来，又传出了关于钱的故事。有消息说——和往常一样，谁也不知道消息是从哪儿来的——利马斯突然离开，与金融处的账务异常有关系。一笔不小的钱不见了（电话联络室的一位蓝头发女士说，不是三位数，而是四位数），钱找回来了，差不多全部都找回来了，所以他们就扣了他的养老金。也有人不相信——他们说，亚历克要是想搞点公款，肯定知道更好的方法，不至于去动总部的账户。倒不是说他不会那么做——只是说他会有更好的方法。不过，也有人认为利马斯有犯罪的动机，说他要买很多酒，要维持单独的家庭开支，国内的收入和国外的补贴有天壤之别，更重要的是，他知道自己在情报局工作的日子不多了，同时又要处理大额款项，时时面临着诱惑。所有人都同意，如果亚历克的手真的伸进了公共财政的蜜罐里，那他就彻底完蛋了——负责重新安置的那些人看都懒得看他，人事处也不会给他出具介绍信——何况这个人冷冰冰的，连最热情的老板看到他，都要打个寒战。挪用公款这条罪行，人事处会让你永远记住——他们自己也会永远记住。如果亚历克真的动了圆场的钱，人事处的怒火会一直追着他，直到他死为止——到那时候，人事处连裹尸布的钱都不会出。

他离开后一两周，还有几个人心里会想他怎么样了。但是，他以前的朋友们早已学会了离他远远的。他整天愤愤不平，令人厌烦。他总是批评情报局及其管理层，还有他所谓的那帮“骑兵小子”，做事情好像这是军人俱乐部一样。只要有机会，他就会大骂美国人以及美国的情报部门。他对美国人的憎恨，好像还要超过对东德情报总局，后者他反而很少提起。他会暗示说是美国人搞垮了他的情报网，这似乎成了他一个心结。对于试图安慰他的人来说，这可不是什么好结果，也让他很难相处，最后连了解他甚至暗暗喜欢他的人，也都不理会他了。利马斯的离去，只在水面上泛起一阵涟漪，随着风停风起、季节轮换，很快便被人遗忘了。

他的公寓又小又脏，刷着褐色的墙漆，挂着克洛夫利古渔村的照片。公寓正对着三个石头仓库的灰色后墙，墙上为了美观起见，用木材防腐油画了几扇窗户。其中一个仓库的楼上，住着一家意大利人，一到晚上就吵架，一大早就敲打地毯。利马斯没什么财产可为公寓的房间增光。他买了几个灯罩，将灯泡罩起来，又买了两床被单，替换掉房东提供的粗麻布垫子。其余的，利马斯就只好忍着：花朵图案的窗帘，既没有内衬，也没有锁边；磨损了的褐色旧地毯；笨重的黑木家具，像从水手旅馆里搬来的一样。他花了一先令，能用一台快要散架的黄色燃气热水器中的热水。

他需要一份工作。他没钱，真的没钱。看来挪用公款的事也许是真的。情报局提供的重新安置方案，在利马斯看来都不死不活的，特别不合适。一开始，他试图找一份公司里的工作。一家生产工业黏合剂的公司招聘经理助理兼人事主管，对他感兴趣。情报局提供的推荐信并不充分，但他们不在乎，他们不要求任何资质，还给他开出了每年六百镑的工资。他待了一个星期，鱼油分解发出的可怕臭气，早已钻进了他的衣服和头发，像死亡的气息一样萦绕在他鼻孔周围。无论怎么洗，都去不掉这种气味，最后利马斯只好把头发剪得很短，露出头皮，还扔掉了两件最好的外套。后来，他尝试给郊区的家庭主妇们推销百科全书，干了一个星期。但是，他这种人，家庭主妇们既不喜欢，也无法理解。她们根本不想利马斯进屋，更不要说买百科全书了。每天晚上，他胳膊下面夹着那本荒唐可笑的百科全书样本，疲惫不堪地回到公寓。那个星期最后一天，他给公司打了电话，说一本也没卖掉。对方没有表现出惊讶，只是提醒他，如果他终止代理，则有义务归还样品，然后就挂了电话。利马斯丢下样品，勃然大怒地走出电话亭，来到一家酒吧，喝得酩酊大醉，一共花了二十五先令，但他没钱付。有个女人看上了他，想带他走，他冲她大喊大叫，结果被赶了出去。他们让他以后不要再来了，但一个星期以后，他们把这事全忘了。那里的人开始认识利马斯了。

其他地方的人也开始认识他：公寓楼里那个神情抑郁、垂头丧气的家伙。他沉默寡言，不会多说一个字，也没有任何朋友，男人、女人、宠物，啥也没有。他们猜他是遇到了麻烦，很可能是丢下妻子跑了。他搞不清任何东西的价格，别人告诉他，他也记不住。找零钱的时候，他一个口袋一个口袋地翻，买东西从不记得带篮子，每次都要买个购物袋。他们不喜欢他光顾，但也觉得他有些可怜。他们还觉得他脏，周末不刮胡子，衬衫脏兮兮的。萨德伯利街的迈凯尔德太太给他打扫了一个星期的房间，却从没听他说过一句礼貌的话，所以就不干了。她是商业区的重要信息来源，而商业区的生意人会共享消息，以防他到店里来记账。迈凯尔德太太的建议是，不要赊东西给他。她说，利马斯从没收到过信件，大家都认为这是一件严重的事情。他没有照片，只有几本书；她认为其中一本有伤风化，但又不太确定，因为书是用外文写的。她认为，他有点儿生活费，不过那点儿钱很快就要用完了。她知道他每周四领救济金。贝斯沃特路已经收到了提醒，也不用再提醒第二次了。迈凯尔德太太对他们说，他喝起酒来，跟牛喝水似的，这一点得到了酒吧老板的确认。酒吧老板和清洁工本就没有让客户记账的习惯，但那些会这么干的人，都很重视他们提供的信息。

-4-

丽　兹

最后，他接受了一家图书馆的工作。每周四上午他去领失业救济金的时候，就业中心的人都给他推荐这份工作，但每次他都会拒绝。

“其实不是你的菜，”皮特先生说，“但报酬还可以，而且对受过教育的人来说，这份工作很轻松。”

“什么样的图书馆？”利马斯问。

“是贝斯沃特区灵异研究图书馆。书是捐赠的。他们已经有几千册了，什么样的都有，还有更多书要整理。还要个人帮忙。”

他接过救济金和那张纸条。“那些人很奇怪，”皮特补充道，“可你也不会一直做下去，对不对？我想你也该去试一试了，你说是吗？”

皮特有些怪。利马斯确信以前在哪里见过他。圆场，战争期间。

图书馆像教堂的大厅，而且非常冷。两头都有取暖炉，让整个图书馆散发着煤油味儿。房间中央有个小间，像证人席，图书管理员克雷尔小姐就坐在里面。

利马斯从没想过要给一个女人干活。就业中心的人没提过这事儿。

“我是来帮忙的新人，”他说，“我叫利马斯。”

克雷尔小姐从目录卡片中抬起头来，目光犀利地看着他，好像他刚说了什么粗话一样。“帮忙？你什么意思啊，帮忙？”

“助手。就业中心派来的。皮特先生。”他将一张油印的表格推了过去，表格上用斜斜的字体写着他的情况。她拿起表格，仔细看着。

“你是利马斯先生。”这不是提问，而是序幕，开启了一个费时费力的事实调查过程。

“你来自就业中心。”

“不。我是就业中心派来的。他们对我说，你需要一名助手。”

“明白了。”表情木然的微笑。

这时电话响了。她拿起听筒，开始和对方争吵起来，言辞激烈。利马斯猜，这两人大概经常吵，因为争吵前没有任何铺垫。她直接将声音提高了一个八度，叫嚷起音乐会的什么票来。他听了一两分钟，然后慢慢朝书架走去。他注意到一个角落里有个女孩，站在一架梯子上整理大部头书籍。

“我是新来的，”他说，“我叫利马斯。”

她从梯子上爬下来，略显正式地握了握他的手。

“我叫丽兹·戈尔德。你好。你见过克雷尔小姐了吗？”

“见过，不过她现在正打电话。”

“和她妈妈吵架吧，我想。你准备做什么？”

“我不知道。工作吧。”

“我们正在做标记。克雷尔小姐启动了一套新索引。”

她个子很高，行动笨拙，腰和腿都很长。为了显得不那么高，她穿着跳芭蕾舞的那种平底鞋。她的脸和身体一样，各构成部件都很大，似乎在平庸和美丽之间徘徊。利马斯猜，她大概二十二三岁，犹太人。

“就是检查所有的书是不是都上了架。你看，这是参考书部分。检查好了以后，你用铅笔把新的参考书加进去，然后在索引上划掉。”

“然后呢？”

“只有克雷尔小姐才能用墨水笔添加参考书。这是规矩。”

“谁的规矩？”

“克雷尔小姐的。要不你从考古部分开始？”

利马斯点点头，两人一起走到另一个角落。地板上有一只鞋盒，里面装满了卡片。

“你以前做过这种事情吗？”她问。

“没有。”他弯下腰，抓起一把卡片翻了翻，“皮特先生让我来的。就业中心的。”他把卡片放了回去。

“卡片上也只有克雷尔小姐能用墨水写？”

“是的。”

她走了。他犹豫了一会儿，然后拿过一本书，看了看扉页。书名叫做《小亚细亚的考古发现》，第四卷。他们好像只有第四卷。

一点钟，利马斯饿了。丽兹·戈尔德正在整理图书，他走了过去，说道：

“午饭怎么办？”

“噢，我带了三明治。”她显得有些尴尬，“需要的话，你可以吃点儿我的。几英里内都没有餐馆。”

利马斯摇摇头。

“谢谢，我要出去。要买点东西。”她看着他推开双开门，走了。

他回来的时候，已经两点半了。他身上散发着威士忌的气味，手上提着两个购物袋，一个装满了蔬菜，另一个装着其他东西。他把袋子放在一个角落里，开始无精打采地整理考古书籍。他大概做了十分钟的标记工作，这时他意识到克雷尔小姐在一旁看着。

“利马斯先生。”

他站在梯子的半腰上，所以只能回过头朝下方看着，答道：

“什么事？”

“你知道这些购物袋是哪里来的吗？”

“我的。”

“我明白了。是你的。”利马斯等着她下面的话。“很遗憾，”她继续说道，“把买的东西带进图书馆，我们这儿是不允许的。”

“那我还能放哪儿？我没有别的地方能放。”

“不能放图书馆。”她回答。利马斯不理会，继续去整理他的考古书籍。

“你如果正常地午休，”克雷尔小姐继续说，“就不可能有时间去买东西。**我们**都没有，戈尔德小姐和我自己，**我们**都没有时间买东西。”

“你们干吗不多休息半小时呢？”利马斯问，“那你们就有时间了。如果活儿干不完，你们傍晚再多干半小时。要是事情多的话。”

她又待了一会儿，就盯着他，似乎在想该说点什么。最后，她宣布：

“我要和铁先生谈谈。”说完，她走了。

五点半，克雷尔小姐准时穿上外套，目标精确地说了句“晚安，戈尔德小姐”，便离开了。利马斯猜，她一下午大概都在想着购物袋。他来到隔壁的区域，丽兹·戈尔德正坐在梯子最下面的横档上，似乎在阅读一本宣传手册。看到利马斯，她内疚地将书丢进手提包里，站起身来。

“铁先生是谁？”利马斯问道。

“我觉得这个人不存在，”她回答，“她不知道该怎么回答的时候，铁先生就成了她的后台大佬。有一次我问他是谁。她支支吾吾，神秘兮兮，跟我说‘不用管了’。我想根本没这个人。”

“我都不确定有没有克雷尔小姐这个人。”利马斯说。丽兹·戈尔德笑了。

六点钟，她把门锁好，把钥匙交给馆长。馆长是位年纪很大的老人，在一战中被炮弹震伤了大脑，丽兹说他整晚都不睡觉，就坐在那儿，提防着德国人反攻。外面寒气逼人。

“住得远吗？”利马斯问。

“走路二十分钟。我总是步行回去。你呢？”

“不远，”利马斯说，“晚安。”

他慢慢走回公寓。他开门进屋，打开电灯开关。没亮。他试了试小厨房里的灯，最后又试了试插在床头的取暖器。门毯上有封信。他把信捡起来，拿到楼梯口昏黄微弱的灯光下。是供电公司寄来的，信中很遗憾地说，区域经理没别的选择，只好断电，除非他付清拖欠的电费，共计九镑四先令八便士。

他成了克雷尔小姐的敌人，而敌人正是克雷尔小姐喜欢的。她要么冲他怒目而视，要么对他不理不睬，等他走近，她就开始颤抖，眼睛左看看右看看，好像在找自卫的武器或逃跑的通道。偶尔她也会怒火中烧，比如他把防雨风衣挂在**她的**挂钩上的时候，她就站在挂钩前面，浑身颤抖，整整五分钟，直到丽兹发现了她，并把利马斯喊过来。

“你这是怎么啦，克雷尔小姐？”

“没事，”她急促而简短地回答，“没问题。”

“我的风衣有问题吗？”

“没问题。”

“那好。”说完，他回到了自己的工作区域。那天，她一直在颤抖，还打了个电话，半个上午都在对着听筒窃窃私语。

“她在跟她母亲说，”丽兹说，“她总跟她母亲说。也说过我。”

克雷尔小姐对利马斯的仇恨与日俱增，最后她发现根本无法与他交流。发工资的日子，他吃完午饭回来，会发现梯子第三个横档上放着一个信封，上面的名字还拼写错了。第一次发生这种情况时，他拿着信封去找她，对她说：“克雷尔小姐，我的名字是 L—E—A，后面只有一个 S。”此时，只见她立即浑身僵硬，眼睛往上翻着，手哆哆嗦嗦地去摸铅笔，一直到利马斯离开。后来，她对着电话窃窃私语了好几个小时。

利马斯在图书馆上班后大约三周，丽兹邀请他一起吃晚饭。她假装没有事先计划，而是傍晚五点钟突然想到的主意。她好像知道，要是请他明天或后天吃饭，他会忘掉，或者干脆不来，所以她五点钟邀请他。利马斯似乎有些犹豫，但最后还是接受了。

他们在雨中朝她的公寓走去，此刻他们完全可能在任何地方——柏林、伦敦或其他城市。黄昏的雨中，铺路石变成了一汪汪的光晕；潮湿的街道上车来车往，在惆怅中穿梭。

此后，利马斯到她公寓里吃过很多次饭。她邀请，他就去，她经常邀请。他话不多。发现他愿意来之后，她早上会先把桌子摆好，然后再去图书馆上班。她甚至提前准备了蔬菜，在桌上放好蜡烛，因为她喜欢烛光。她知道，利马斯的内心深处有什么问题。她知道，有一天，由于她无法理解的某个原因，他会崩溃，然后她便再也见不到他了。她试图告诉他，这些她都知道。一天晚上，她对他说：

“想走的时候，你就走。我绝不会跟踪你的，亚历克。”他那双褐色眼睛盯着她看了一会儿。“到时候我告诉你。”他回答。

她的公寓，只有一间卧室兼起居室，加上一间厨房。起居室里有两把扶手椅，一张沙发床，还有一个书柜，放满了平装书，大多是她从没读过的经典作品。

吃完晚饭，她会跟他说话，他就躺在沙发床上抽烟。她从不知道他究竟听没听，她也不在乎。她会跪在床边，拉住他一只手放在自己脸颊上，说话。

一天晚上，她对他说：

“亚历克，你有什么信仰吗？别笑——告诉我。”说完，她等着。最后，他说道：

“我相信坐十一路公共汽车能到哈姆斯密。我不相信司机是圣诞老人。”

她似乎在思考这句话，然后她又问道：

“可是，你信仰什么呢？”

利马斯耸耸肩膀。

“你总得信点什么吧，”她不依不饶，“比如上帝——我知道你有信仰，亚历克。有时候你眼里会露出那种神情，好像你有什么特别的事情要去做一样，像个牧师。别笑，亚历克，是真的。”

他摇摇头。

“抱歉啊，丽兹，你搞错啦。我不喜欢美国人和私立学校。我不喜欢阅兵和扮演士兵的人。”他没有笑，又接着说，“而且我不喜欢谈论生命。”

“可是，亚历克，那你还不如说——”

“我还要补充一点，”利马斯打断了她的话，“我不喜欢别人告诉我该怎么想。”她知道他在生气，但她已经停不下来了。

“那是因为你不愿意去想，你不敢！你心里中了什么毒，有仇恨。你是个狂热分子，亚历克。我知道你是的，我就是不知道你为了什么而狂热。你是个不想改变别人信仰的狂热分子，那是件危险的事情。你这个人像是……像是发誓要复仇似的。”那双褐色的眼睛盯住了她。他说话的声音里带着威胁，吓了她一跳。

“我要是你，”他粗鲁地说，“就不会管那么多闲事。”

然后，他笑了，笑得很坏。他以前没这么笑过，丽兹知道，他这是别有所图。

“丽兹信仰什么呢？”他问。她答道：

“我可没那么容易上套，亚历克。”

当天晚上，后来他们又谈起了这个话题。利马斯先提的——他问她信不信教。

“你搞错了，”她说，“全错了。我不信仰上帝。”

“那你信仰什么呢？”

“历史。”

他惊讶地盯着她看了一会儿，然后大笑起来。

“噢，丽兹……哦，**别**。你该不是该死的共产主义者吧？”她点点头，因为他的笑而满脸通红，像个小女孩。见他并不在乎，她感到又欣慰又生气。

当天晚上，她让他留下来。两人成了情人。他早上五点便离开了。她无法理解，她那么骄傲，他却似乎感到羞耻。

他离开她的公寓，转过空荡荡的街道，朝公园走去。有雾。路前方一段距离——不远，二十码，也许多一点儿——站着一个穿雨衣的人，矮小圆胖。他靠在公园的栏杆上，侧影显现在弥漫的雾中。利马斯走到近前，雾似乎更浓了，将靠在栏杆上的那个人影包裹起来，等浓雾分开，那个人已经不见了。

-5-

记 账

大约一周后的某一天，他没来图书馆。克雷尔小姐很高兴。到十一点半，她已经把这个消息告诉了她母亲。吃完午饭回来，她在考古类书架的前面停下了脚步，他自从来到图书馆，便一直在这里工作。她瞪大眼睛看着那一排排的图书，认真得有些夸张。丽兹知道，她这是假装要检查一下，看看利马斯有没有偷走什么东西。

这一天剩下的时间里，丽兹完全不理会她。克雷尔小姐跟她说话，她也没回应，只是一个劲儿地干活。傍晚，她步行回家，然后哭着哭着便睡着了。

第二天，她提前来到了图书馆。她隐约觉得，自己来得越早，利马斯就能越快回来。然而，上午渐渐过去，她的希望破灭了，她知道他再也不会来了。那天，她忘了给自己做三明治，于是她决定坐公共汽车到贝斯沃特路，到ABC餐馆去。她觉得难受，心里空荡荡的，但并不饿。她该去找他吗？她承诺过，永远不跟踪他，但他也承诺过要说一声。她该去找他吗？

她叫了一辆出租车，说了他的住址。

她走上那肮脏的楼梯，按下了他家的门铃。门铃好像坏了，她没听到声音。地垫上有三瓶牛奶和一封供电公司的信。她犹豫了一下，然后使劲砸门，她听见里面传来男人微弱的呻吟。她冲到楼下的公寓门口，一边砸门，一边按门铃。没人理会，于是她又跑下一层楼，发现这是杂货店的后间。角落里有一位老太太，坐在摇椅上一前一后地摇着。

"顶层公寓，"丽兹几乎在叫喊，"有人生了重病。谁有钥匙？"

老太太盯着她看了一会儿，然后冲着前屋喊了起来，前屋就是杂货店。

"亚瑟，过来，亚瑟，这里有个姑娘！"

一个人穿着褐色工作服，戴着灰色帽子，从门那边探出脑袋，问道：

"姑娘？"

“顶层公寓里有人病得厉害，”丽兹说，“他没法走到门口开门。你有钥匙吗？”

“没有，”杂货店老板说，“但我有锤子。”他们一起往楼上跑，杂货店老板仍然戴着那顶帽子，手里拿着一把大螺丝刀和一个锤子。他用力敲门，然后大家屏住呼吸，等里面应答。但无人应答。

“刚才我听到了呻吟声，我发誓，我真听到了。”丽兹低声说。

“如果我把门砸掉，你愿意承担损失吗？”

“愿意。”

锤子发出可怕的声响。他敲了三锤，门板被敲下一块，锁也跟着掉了下来。丽兹先进去，杂货店老板在后面跟着。房间里寒气逼人，虽然没有灯光，但他们能隐约看出角落一张床上有个人。

哎呀，天哪，丽兹心想，要是他死了，我想我是不敢碰的。不过，她走上去，发现他还活着。她拉上窗帘，在床边跪下来。

“如果需要，我就喊你，谢谢你。”她没有回头，只是口里说道。杂货店老板点点头，下楼去了。

“亚历克，怎么啦，你怎么生病了呢？怎么啦，亚历克？”

利马斯的脑袋在枕头上动了一下。他双目紧闭，眼窝深陷。苍白的脸色让黑色的胡子更加显眼。

“亚历克，你跟我说啊，拜托啦，亚历克。”她双手握住他一只手，眼泪顺着脸颊流下来。她拼命地想，自己能做点什么。然后，她站起身，跑到小厨房里，把水壶放在炉子上。她不清楚烧水干吗，但能做点什么，也让她感到宽慰。她让水在燃气灶上烧着，自己拿起手提包，从床头柜上拿起利马斯的钥匙，快速跑下四段楼梯，来到街上，穿过马路，到了药剂师斯利曼先生的店中。她买了一些牛蹄冻、一些牛肉精和一瓶阿司匹林。她到了门口，又回去买了一包面包干。一共花了她十六先令。她手提包里还剩四先令，邮局账户里还有十一镑，但那要到明天才能取出来。等她回到公寓，水刚好烧开了。

她用她母亲以前用过的方法做牛肉茶，在杯子里放个勺子，防止杯子炸裂。与此同时，她不停地朝他那边望，好像担心他会死掉一样。

她要让他抬起身子，否则没法喝牛肉茶。他只有一个枕头，房间里没有垫子，她只好从门后面取下他的外套，叠起来塞在枕头下面。一碰他的身体，她吓了一跳：他浑身是汗，灰色的短发又湿又滑。她把杯子放在床边，一只手托着他的脑袋，另一只手喂他。等他喝了几勺，她又掰碎两片阿司匹林，放在勺子上让他服下。她坐在床边，眼睛盯着他，像对孩子一样跟他说话，偶尔还用手指抚摸他的头和脸，一遍一遍低声喊着他的名字："亚历克，亚历克。"

他呼吸慢慢均匀，身体也放松了，从高烧的紧张痛苦状态，渐渐进入平静的睡眠。丽兹看着他，知道最糟糕的时刻已经过去。突然，她发现天已经快黑了。

这时她感到不好意思，因为她知道刚才就该清理打扫。她立即跳了起来，从厨房里拿过地毯扫帚和掸子，开始卖力地干起来。她找到一块干净的桌布，整齐地在床头柜上铺好，然后她将散落在厨房各处的杯子碟子收拾到一起，清洗干净。等一切收拾停当，她看了看表，已经八点半了。她拿壶烧上水，回到床边。利马斯正看着她。

"亚历克，别生气，拜托啦，"她说，"我会走的。我保证会的，不过让我给你做餐像样的饭。你生病了，不能这样下去，你……哎呀，亚历克。"她突然说不下去了，哭了起来，双手捂着脸，眼泪从指缝间流下，像个孩子一样。他听凭她哭，褐色的眼睛盯着她，双手紧紧抓着被单。

她帮他洗了脸，刮了胡子，又换了干净的床单。她给他吃了点牛蹄冻，以及从斯利曼先生的店里买的鸡胸罐头。她坐在床边，看着他吃，觉得自己从没像现在这么幸福。

他很快睡着了，她把毯子拉上来盖住他的肩膀，然后走到窗前。她拉开破旧的窗帘，推开窗户，朝外面望去。院子里还有两扇窗户亮着灯，她看到一扇窗户里，电视机屏幕闪着蓝光，周围几个人中了电视的魔法，一动不动。另一扇窗户里有个女人，非常年轻，正摆弄着头上的卷发夹。想起他们虚幻缥缈的梦，丽兹想哭。

她在扶手椅上睡着了。天快亮时，她醒了过来，感觉身体又僵又冷。她走到床边，看着利马斯。他身体动了动，她用一根手指的指尖碰了碰他的嘴唇。他没有睁开眼睛，只是轻轻握住她的胳膊，将她拉到床上。她突然很想要他，别的都不重要了，她一遍又一遍地吻他。她看着他的时候，他似乎在微笑。

连续六天，她每天都去。他对她说的话不多，有一次，她问他爱不爱她，他说他不相信童话。她会躺在床上，头枕在他胸前，有时候他粗壮的手指会伸进她的头发里，抓得紧紧的，丽兹会大笑着说疼。星期五晚上，她发现他穿好了衣服，但没有刮胡子，心里疑惑他为什么没刮胡子。不知道为什么，她莫名地警觉起来。房间里有些小东西不见了——他的钟，以及桌上那台便宜的手提无线电收音机。她想问，但是又不敢。她买了鸡蛋和火腿，给两人做晚饭，利马斯则一直坐在床上，一根接一根地抽烟。吃饭的时候，他走进厨房，拿来了一瓶红酒。

吃晚饭时，他话很少。她注视着他，内心的恐惧越来越强烈，直到她再也忍不住，一下子喊了出来：

“亚历克……噢，亚历克……这是什么意思？是要告别吗？”

他站起身来，抓住她的双手，以一种以前不曾有的方式吻她，在她耳边轻声说话，说了很久，跟她说了一些她似懂非懂的事情。她半心半意地听着，因为她一直知道，这就结束了，别的都不重要了。

“再见了，丽兹，”他说，“再见。”然后又说：“别跟着我。不要再跟着我。”

丽兹点点头，嘟囔道：“我们有约在先。”街上寒气刺骨，漆黑一团，对此她心存感激，因为黑暗隐藏了她的眼泪。

第二天上午，星期六，利马斯在杂货店里要求记账。他的话没什么技巧，他似乎并没有认真思考过，怎么说才能确保成功。他购买了五六件东西，加起来也不过一镑多。等东西包好，放进购物袋，他说：

“你最好把账单寄给我。”

杂货店老板勉强笑了笑，说道：

“这我恐怕做不到。”“先生”二字显然已经省掉了。

“为什么不能呢？”利马斯问。他身后的队伍开始不安起来。

“不认识你。”老板说。

“别他妈的说蠢话，”利马斯说，“我上这儿来都有四个月了。”老板脸红了。

“允许记账之前，我们都要看银行的证明。”他说。利马斯发火了。

“别他妈的放屁，”他喊道，“你的顾客里，有一半从来没去过银行，以后也他妈的根本不会去。”这话可是不忍卒听的异端邪说，因为是真话。

“我不认识你，”老板含糊不清地重复道，“而且我不喜欢你。现在，从我的店里滚出去。”他还试图抢回袋子，遗憾的是，袋子已经在利马斯手里了。接下来发生的事情，有不同的说法。有人说，杂货店老板在抢袋子的过程中推了利马斯，也有人说没推。无论推没推，利马斯都打了他，大多数人认为打了两拳，而且右手自始至终都没动，一直拿着购物袋。他用的似乎并不是拳头，第一下用的是左手的掌缘，第二下用的是左肘，两下一气呵成，快如闪电。老板径直扑倒在地，躺在那儿跟块木头一样一动不动。后来，法庭上说杂货店老板受了两处伤，辩护方并没有对此说法表示异议——第一下导致颧骨碎裂，第二下导致下颌脱臼。日报上的报道说得清楚，但并没有过多交代细节。

-6-

接 头

晚上，他躺在单人床上，听着其他囚犯的声音。有个男孩在呜咽，有个老犯人唱“不戴帽子冻死在伊尔克利荒原”，一边用铝饭盒敲打节拍。每唱完一节，就有个狱卒喊：“闭嘴吧，乔治，你这个老混账。”但没人理会他。有个爱尔兰人唱爱尔兰共和军的歌曲，不过大家说他犯的是强奸罪。

白天，利马斯一有机会就锻炼，希望这样晚上可以睡着，但实际上没什么效果。晚上，你意识到你在牢里。晚上，没有视觉上的把戏，没有自欺欺人的幻象，没有任何东西能让你逃避牢房那令人作呕的封闭感。你无法阻挡监狱的味道：囚服的气息，卫生系统中夹杂着浓烈消毒剂的臭气，犯人们发出的种种噪音。只有在晚上，才能切身感受到被囚的耻辱难以忍受。只有在晚上，利马斯才渴望到某个伦敦公园友善的阳光下散步。晚上，他憎恨那可怖的钢铁牢笼，不得不克制强烈的冲动，以免自己赤手空拳扑向铁栅栏，砸碎狱卒们的头骨，冲向伦敦的自由天地。啊，自由天地。有时候他会想起丽兹。他会引导自己的思绪，在她身上停留片刻，像调整相机的快门，短暂回味她修长的身体那柔软而有力的感觉，然后又将她封入记忆。利马斯不是个靠做梦而活着的人。

他看不起其他犯人，其他犯人也恨他。他们恨他，是因为只有他做到了大家心里都想做的事：成为一个谜。显而易见，他不让别人了解他性格的某个重要部分。动感情的时刻，也没人能让他讨论自己的女人、家庭或孩子。他们对利马斯一无所知。他们等待着，可利马斯却不向他们坦白。新犯人总体上可分为两种：一种由于羞耻、畏惧或惊吓，只提心吊胆地等着别人引领他认识真正的监狱生活；另一种则利用自己蹩脚的新鲜事儿来取悦大家。这两种方法，利马斯都不用。他似乎满足于鄙视所有人，他们恨他，因为他不需要他们，像外面的世界一样。大约过了十天，他们再也无法忍受了。大人物没有得到他的尊重，小人物没有得到他的安慰，于是他们在晚餐排队的时候“挤”了他。“挤”是监狱里的一项活动，类似于十八世纪的角力。它的好处是，表面看起来像是意外，犯人的饭盒不小心打翻了，里面的饭菜撒在身上。利马斯被人从侧面撞一下，同时另一侧一只有力的大手落在他的胳膊上，“挤”的动作就这样完成了。利马斯一句话也没说，只是若有所思地看了看两侧的这两个人，一名狱卒对他破口大骂，他也默默地接受了，尽管狱卒心里清楚究竟是怎么回事。

四天后，他拿着锄头在监狱花圃里干活的时候，好像踉跄了一下。当时他双手拿着锄头横在身前，锄头柄的末端伸出来，距离他的右拳大约六英寸。就在他努力站稳的时候，他右边的那名囚犯痛苦地哼了一声，弯下腰来，双手抱住了肚子。此后就没有出现过“挤”的情况了。

监狱生活最奇怪的事情，也许是他离开时的那个褐色纸袋子。荒唐的是，这却让他想起了结婚仪式——以此婚戒，我宣布你们结为夫妇；以此纸袋，我宣布将你送回社会。他们把纸袋子交给他，还让他签收，那里面装着他在这个世界上的一切。没有别的了。利马斯觉得，这是三个月来最不把人当人的时刻，他决心出去之后，就尽快把纸袋子扔掉。

他似乎是名安静的囚犯。没被人投诉过。监狱长对他的案子有一点点兴趣，他发誓能看出利马斯的爱尔兰血统，私下里认为这才是问题所在。

“你离开这里，”他问，“打算做什么呢？”利马斯没有强做微笑，只是回答说，他想自己会开始新生活，监狱长说这样做非常好。

“那你的家人呢？”他问，“能和妻子和好吗？”

“我可以试试，”利马斯无动于衷地回答，“不过她已经再婚了。”

假释官要利马斯到白金汉郡一家精神病院当男护工，利马斯同意去应聘。他甚至还写下了地址，记下了从马里波恩到那儿的火车班次。

“现在火车都电气化了，一直到大米森登。”假释官补充道。利马斯说那倒挺方便。于是他们把袋子递过来，他便离开了。他坐公共汽车到了大理石拱门，然后开始步行。他口袋里有一点儿钱，他想好好吃顿饭。他想，他要穿过海德公园，到皮卡迪利，穿过绿园和圣詹姆斯公园，到国会广场，然后沿着白厅路慢慢走到斯特兰德大街，那儿有一家大餐馆，在查令十字车站附近，六先令就能吃到一份不错的牛排。

这天伦敦很美丽。晚春季节，公园里到处都是番红花和水仙花。清凉的南风沁人心脾，他愿意就这么走一整天。不过，他手上还拿着那个纸袋子，需要处理掉。沿途的垃圾篮子都太小了，要是找个篮子把纸袋子硬塞进去，会显得很傻。他想，里面大概还有一两件东西，他应该拿出来吧——那些可怜的证件——保险卡、驾驶证，还有 E93（也不知道那是什么），装在一个“邮资免付”的米黄色信封里。但是，突然之间，他觉得这些都不重要。他在一条凳子上坐下，把信封放在身边，不太近，然后又将身体往旁边挪了挪。过了几分钟，他起身朝小路走去，纸袋子就丢在凳子上。他刚走上小路，便听见有人喊。他转过身，也许转得太急了，看见一个穿着军用防雨风衣的人在冲他招手，另一只手里拿着那个褐色纸袋子。

利马斯双手插在口袋里，并没有拿出来。他站在那儿，侧身回头望着穿防雨风衣的人。那人犹豫了一下，显然以为利马斯会走过去，或者做出某种关切的动作，但利马斯没有任何表示。相反，他耸耸肩膀，继续沿着小路往前走。他听见那人又喊了一声，但没有理会，他知道那人会赶上来。他听见碎石上的脚步声，小跑着，快速接近，接着便是那人说话的声音，有点儿气喘吁吁，也有点儿生气。

“喂，你站住——听见没！”这时他已经和利马斯并肩，于是利马斯停下脚步，转过脸看着他。

“怎么了？”

“这是你的袋子，对不对？你丢在座位上。我喊你，你为什么不停下来呢？”

高个子，非常卷的褐色头发，橙色领带，浅绿色衬衫，有点气呼呼的，还有点女子气，利马斯心里想。也许是个老师，伦敦政经学院的，组织着一家市郊戏剧俱乐部。视力差。

“你可以放回去，”利马斯说，“我不要了。”

那人涨红了脸。“你不可以直接丢在那儿，”他说，“那是垃圾。”

“我就可以，”利马斯回答，“有人会觉得有用的。”他正准备继续走，但那位陌生人已经站到了他面前，双手抱着纸袋子，像抱孩子一样。“别挡着路，”利马斯说，“好不好？”

“你听着，”陌生人的声音大了起来，“我刚才是要帮你的忙；你怎么能这么没礼貌呢？”

“如果你真急着帮我的忙，”利马斯回答，“那你为什么要跟踪我半个小时？”

他很优秀，利马斯心想。他没有退缩，不过他肯定被吓了一大跳。

“你要这么说的话，我刚才以为你是我以前柏林的一个熟人。”

“所以你跟踪我半小时？”

利马斯的声音里充满着讽刺意味，那双褐色的眼睛一直盯着对方的脸。

“也没有半小时。我是在大理石拱门那儿发现你的，以为你是亚历克·利马斯，我借过这个人的钱。我以前在柏林为英国广播公司工作，从这个人那儿借过钱。后来我心里一直惦记着，所以才跟在你后面。我想要确定是不是他。”

利马斯继续盯着他，没说话。他心想，他也没那么优秀，不过也算很出色了。他的故事根本经不起推敲——但那没关系。重要的是，经典的接头方法被利马斯识破之后，他又编了一套新的，并且能坚持下去。

“我就是利马斯，”他终于说道，“你究竟是谁？”

他说他叫艾什，名字里有个“e”，他迅速补充道。利马斯知道他在撒谎。他假装不太确定这位真的就是利马斯，吃午饭的时候，他们打开纸袋，查看了他的国民保险卡，就像两个娘娘腔在看一张不正经的明信片一样，利马斯心里这样想。艾什点了菜，略微流露出一丝对价格的无视。他们还喝了一些弗兰肯葡萄酒，以怀念旧日的时光。利马斯坚持说，他不记得艾什了，艾什说他并不觉得意外。从他说话的语气看，他感到有些难过。他们是在派对上认识的，他说，德里克·威廉斯办的派对，在选帝侯大街上（这个名字他倒没说错），媒体的小伙子们全都去啦，这事儿亚历克总还记得吧？不，利马斯不记得了。好吧，那他总记得《观察者报》的德里克·威廉斯吧？好人哪，经常组织那么好的比萨派对。利马斯记名字非常差，何况他们说的还是五四年的事情。时过境迁，后来发生了很多事……艾什都记得（他的教名是威廉，顺便说一下，大多人都叫他比尔）。艾什记得很清楚。当时，他们喝了鸡尾酒、白兰地和薄荷酒，大家都有些晕晕乎乎，德里克还叫了一些真带劲儿的姑娘，马卡斯滕的半个歌舞队都来啦，这下亚历克该想起来了吧？利马斯说，如果比尔再继续多说点儿，他很可能都会想起来。

比尔的确继续说了下去，毫无疑问都是即兴发挥，但他发挥得不错，还渲染了一下其中与性有关的成分，说他们后来带着三个女孩去了一家夜总会，比尔没带钱，所以非常尴尬，幸好亚历克帮他付了，比尔还想把其中一个女孩带回家，亚历克又借了他十块……

“天哪，”利马斯说，“现在我总算想起来啦，我当然记得。”

“我就知道你会想起来，”艾什高兴地说，一边隔着杯子冲利马斯点头。“来，我们把剩下这半杯干了，这太有意思了。”

艾什具有某一类人的典型特征，这类人处理人际关系，依据的是挑战—应战原则。遇到柔软的，他就向前进；遇到阻碍，他就往后退。他自己没有特别的观点或喜好，只根据同伴的变化而变化。他可以到福特梅森的茶厅里喝茶，也可以到惠特比展望号酒吧去喝酒。他可以到圣詹姆斯公园听军乐，也可以到康普顿街某个地下室里欣赏爵士乐。谈起南非的沙佩维尔屠杀，他的声音会因为同情而颤抖；谈起英国黑人数量的增长，他的声音又会因为愤怒而颤抖。在利马斯看来，这种显而易见的被动角色令人反感，会激起他内心中欺负人的冲动。他会温柔地将对方引到某个难以脱身的位置，然后自己退出来，结果艾什总是被利马斯诱入死胡同，只好手忙脚乱地往回跑。当天下午，有几次利马斯公然无理取闹，艾什完全有理由终止谈话——更何况还是他买单——但他没有。一个戴着眼镜、面容忧伤的小个子男人独自坐在旁边的餐桌前，全神贯注地读着一本关于滚珠轴承生产的书。假如他听到了他们的谈话，肯定会认为利马斯在放纵自己的虐待狂本性——或者（如果他是个特别细心的人），利马斯正在以令他自己满意的方式证明，除非有强烈的额外动机，否则任何人都受不了那么无礼的对待。

他们买单的时候，已经快四点了。利马斯坚持要为自己的那一半买单。艾什绝不答应，他付了钱，然后拿出支票簿，要还清欠利马斯的旧账。

“得有二十块。”说着，他在支票上填好了日期。

这时他抬头看着利马斯，眼睛睁得很大，一副关切的模样。

“对了，支票没问题吧，啊？”

利马斯脸上微微一红，说道：

“我目前还没有银行账户——刚刚回国，这事儿我倒该去办了。最好给我张支票，我到你的银行去兑现。”

“亲爱的伙计，这事我想也不敢想啊！那你还得跑到罗瑟希德去兑这张支票呐！”利马斯耸耸肩膀，艾什大笑起来，两人同意第二天还在这里见面，一点钟，到时候艾什带现金来。

艾什在康普顿街拐角处叫了辆出租车，利马斯冲着他挥手告别，直到出租车驶出视野。车走以后，他看了看表。四点钟。他猜大概还有人跟踪，于是他步行到弗利特街，在黑与白咖啡馆喝了杯咖啡。他逛逛书店，阅读报社橱窗里张贴的晚报。突然之间，他跳上了一辆公共汽车，好像到最后一刻才有了这个念头一样。公共汽车到了卢德门山街，在离地铁站不远的地方堵住了。他下了公共汽车，上了地铁。他买了六便士的票，站在最后那节车厢里，到下一站便下了车。他换了一趟车到尤斯敦，然后徒步走了很远的路，回到查令十字站。到的时候，已经九点了，天气变得很冷。车站广场上有辆货车等在那儿，司机睡得很沉。利马斯瞄了一眼车牌，走上前去，隔着窗户喊道：

“你是从克莱门茨来的吗？”司机醒了过来，吓了一跳，问道：

“托马斯先生？”

“不，”利马斯回答，“托马斯来不了。我是从豪恩斯洛来的艾米斯。”

“上车吧，艾米斯先生。”司机一边回答，一边开了门。他们向西朝国王路方向驶去。司机很熟悉路。

老大开了门。

“乔治·史迈利出去了，”他说，“我借了他的房子。进来吧。”利马斯进了屋，前门也关上了，这时老大才打开门厅的灯。

“我吃午饭前一直被人跟踪。”利马斯说。他们走进小客厅。到处都是书。客厅很漂亮：挑高，十八世纪的装饰线条，长窗，大壁炉。

“他们今天上午找到了我。一个叫艾什的人。”他点了一根香烟，“一个娘娘腔的家伙。我们明天还要见面。”

老大认真地听着利马斯各个阶段的故事，从他打杂货店老板福特那天开始，到他当天上午遇到艾什。

“你在监狱里怎么样？”老大问道。他好像在问利马斯假期过得是否愉快。“很抱歉，我们不能改善你的处境，让你更加舒适一点儿，反正那样肯定行不通。”

“当然。”

“人要一以贯之。在每个转折点，都要一以贯之。而且，真打破魔咒就不对啦。我知道你生病了。我很抱歉。出什么问题了？”

“就是发烧。”

“你在床上躺了多久？”

“大概十天。”

“那真令人难过。当然，肯定没人照顾你。”

沉默了很长时间。

“你知道她是党员，是吗？”老大轻声问道。

“知道。”利马斯回答。又一阵沉默。“我不想让她卷进来。”

“为什么要让她卷进来呢？”老大严厉地问道。有一刻，就那么一刻，利马斯以为自己已经穿透了他那副学者般的超然模样。“谁建议要让她卷进来？”

“没人建议，”利马斯回答，“我只是说一个看法。我知道这种事情会怎么发展——所有进攻性行动都是这样。总有副作用，在意想不到的地方突然转向。你以为抓了一条鱼，结果发现抓了另一条。我不要她参与。”

“哦，正是，正是。”

“就业中心那个人是谁——叫皮特的？战争期间，他不是在圆场吗？”

“我不认识叫这个名字的人。你说他叫皮特？”

“是的。”

“不，我不记得有叫这个名字的。在就业中心？”

“噢，行了吧。”利马斯说出了声。

“我很抱歉，”说着，老大站起身来，“我忽视了作为代理主人的职责。你要喝点什么吗？”

“不要。我要今晚离开，老大。到乡下去，活动一下。那里的安全屋开着吗？”

“我已经安排了车，”他说，“你明天什么时候见艾什啊，一点吗？”

“是的。”

“我会跟哈尔丹说一下，告诉他你要点果汁。还有，你最好去看医生。发烧的事儿。”

“我不需要看医生。”

“随便你吧。”

老大给自己倒了杯威士忌，开始悠闲地看着史迈利书架上的书。

“史迈利为什么不在家？”利马斯问。

“他不喜欢这次行动，”老大淡淡地回答，“他很反感。他明白有这个必要，但不想参与。”老大莫测高深地笑了笑，又补充道：“他发烧呢，是周期性的。”

“他可没有张开怀抱迎接我。”

“正是。他不想参与。不过，他跟你说过蒙特的情况，他的背景？”

“是的。”

“蒙特是个很硬的人，”老大思忖道，“这一点，我们决不能忘记。也是个优秀的情报人员。”

“史迈利知道这次行动的原因吗？我们的特别关注？”

老大点点头，抿了一口威士忌。

“可他还是不喜欢？”

“这不是道德问题。他像个外科医生，现在厌倦了血。有人在做，他很满意。”

“告诉我，”利马斯接续问道，“你怎么能这么肯定，我们能得到想要的结果呢？你怎么知道是东德人干的——不是捷克人或者俄国人？”

“你放心吧，”老大有些自豪地回答，“这事已经办妥啦。”

两人走到门边时，老大一只手轻轻地搭在利马斯肩上。

“这是你最后的任务了，”他说，“然后你就可以收工回家了。至于那个女孩——你希望我们为她做点什么吗，钱啊什么的？”

“等任务结束吧。到时候我自己来处理。”

“正是。现在要做什么，也很不安全。”

“我只想她不要卷进来，”利马斯又着重强调了一遍，“我只想不要有人去打扰她。我不想她留下什么档案之类的。我想大家忘记她。”

他冲老大点点头，转身没入了冷冷的夜色之中。

-7-

基　弗

第二天，利马斯迟到了二十分钟，才赶过来与艾什吃午饭，而且浑身都是威士忌的气味。然而，看到利马斯出现，艾什的高兴一点儿也没减少。他说，他自己也刚刚才到，去银行耽误了一点儿时间。他递给利马斯一个信封。

“小额的，”艾什说，“希望没问题。”

“谢谢，”利马斯回答，“我们喝一杯。”他没有刮胡子，衣领脏兮兮的。他喊来服务员，给自己点了一大杯威士忌，给艾什点了杯粉红杜松子酒。酒端上来，利马斯一只手颤抖着将苏打水倒进杯子里，差点都洒了出来。

他们吃得很好，喝了很多酒，大多时候是艾什主动。正如利马斯想的那样，他先谈他自己，这是个老方法，但效果并不坏。

“跟你说实话啊，我最近撞上件好事儿，”艾什说道，“给外国报纸做英国特写。柏林以后，一开始我的情况有点儿糟糕——公司不愿意续签合约，我找了份工作，做一份在糖果店里卖的那种无聊周报，给六十岁以上的人讲兴趣爱好的。你能想象还有什么比这更可怕吗？后来第一次印刷业罢工，这事儿就黄了——你都不知道我松了多大一口气。后来，我到切尔滕纳姆和妈妈住了一段时间。她开一家古董店，说实话，做得还真不错。后来一位老朋友给我来信，他名字叫山姆·基弗，搞了一家新社，专门为外国报纸提供英国生活方面的小特写。你知道那种东西——六百来字，介绍一下莫里斯舞。不过，山姆有新招。他卖那些已经翻译过的东西，你知道，那差别可大啦。我们总以为，可以付钱请翻译，或者自己做，但如果你要的是半栏的外国特写，也就填充一下版面，那就不会把时间和钱浪费在翻译上。山姆起家的方法是先直接联系编辑——他在欧洲到处乱窜，像个吉卜赛人一样，可怜的家伙，但钱赚得可轻松了。”

艾什停下来，等着利马斯接受邀请，也谈谈他自己，但利马斯没理会。他只是木然地点点头，说：“真不赖。”艾什本来要点葡萄酒，但利马斯说他还是要喝威士忌，等咖啡上来，他已经喝完了四大杯。他看起来状态很差，和其他酒鬼一样，他习惯于喝酒之前，先快速把嘴巴伸到杯子边上，好像担心拿杯子的手会出问题，酒会跑掉一样。

艾什沉默了一会儿。

“你不认识山姆，是吧？”他问。

“山姆？”

艾什的声音中带着一丝气恼。

“山姆·基弗，我老板。我刚跟你讲的那个家伙。”

“他以前也在柏林吗？”

“不在。他很熟悉德国，但他没在柏林待过。他在波恩混了一阵子，自由撰稿什么的。你也许见过他。挺招人喜欢的。”

“应该没有。”沉默。

“老伙计，你现在都干点啥呢？”艾什问。

利马斯耸耸肩膀。

“我现在没人要，”他回答，傻傻地咧嘴一笑，“没事做，没人要。”

“我是忘了你以前在柏林干什么了吗？你也是个神秘的冷战斗士吧？”我的天哪，利马斯心想，你这节奏也太快了点。

利马斯犹豫了一下，接着他红了脸，恨恨地说：“给该死的美国佬跑腿打杂的办公室文员，像所有人一样。”

“知道吗，”艾什说，好像这个念头在他脑海里有一阵子了似的，“你应该见见山姆。你会喜欢他的。”接着，突然之间，他又说道：“听我说，亚历克——我都不知道上哪儿去找你啊！”

“找不到的。”利马斯无精打采地回答。

“我搞不懂你了，老伙计。你住哪儿呢？”

“遇到哪儿住哪儿。没地方待。我没工作。那帮混账不愿意给我像样的养老金。”

艾什显出大惊失色的样子。

“亚历克，那太可怕了。你之前怎么不告诉我呢？这样，你为什么不来住我这儿呢？地方小，但还住得下一个人，如果你不介意睡露营床的话。我亲爱的伙计，你总不能在街上流浪吧！”

“我目前还行。”利马斯回答，用手拍了拍放信封的那个口袋。“我会找到工作的，”他坚决地点了点头，“一个星期左右就能找到。那我就没问题了。”

“什么样的工作呢？”

“哦，我不知道啊。啥都行。”

“可你不能就这样荒废了啊，亚历克！你的德语说得和德国人一样好，我记得的。各种各样的事情，你肯定都能干！”

“我的确干过各种各样的事情。给该死的美国公司卖百科全书，给灵异图书馆整理图书，在臭气熏天的胶水工厂里打卡。我他妈的还**能**干点啥？”他的眼睛没有看艾什，而是看着面前的桌子，嘴唇激动地哆嗦着。看到他激动的样子，艾什作出了反应。他身体隔着桌子向前倾，说话一板一眼，几乎带着成功的喜悦。

“但是，亚历克，你要**有人**啊，你不明白吗？我知道这是什么感受，我自己也曾差点没饭吃。正是这时候，你才需要**认识**人啊。我不知道你在柏林干什么，我也不想知道，但你干的肯定不是可以认识大人物的工作吧，对不对？我要不是五年前在波兹南遇到了山姆，那我现在**还是**没饭吃。听着，亚历克，到我家来，和我住个把星期。我们问问山姆，也许还能找到一两个以前柏林认识的做媒体的哥们儿，要是他们也在这儿的话。”

“可我不会写稿子啊，”利马斯说，“我他妈的什么也不会写。”

艾什把一只手搭在利马斯的胳膊上。“好啦，不要急，”他安慰道，“我们一件事一件事来。你的行李家当在哪儿呢？”

“我的啥？”

“你的东西啊！衣服、行李之类的？”

“我啥也没有。有的都卖了——除了那个纸袋子。”

“什么纸袋子？”

“你在公园里捡到的那个纸袋子。我打算扔掉的那个。”

艾什在海豚广场有间公寓。和利马斯想的一模一样——房间很小，普普通通，有几件临时拼凑起来的德国玩意儿：几个啤酒杯，一个农夫烟斗，几件二流的宁芬堡陶器。

“我周末和母亲待在切尔滕纳姆。”他说。“这个地方是平时住的。还算方便吧。”他不以为然地补充道。他们把露营床安在小小的起居室里。这时候大约四点半。

“你在这儿住多久啦？”利马斯问。

“哦——大概一年多吧。”

“容易找吗？”

“你知道，这种公寓时有时无。你把名字登记好，某一天他们就打电话，告诉你有公寓了。”

艾什泡了茶，两人喝着。利马斯闷闷不乐，好像不习惯于舒适的生活一样。连艾什也显得有些感伤。喝完茶，艾什说道："我出去一下，趁店还没关门买点东西，然后我们再决定该干啥。我迟点看是不是给山姆打个电话，今天晚上吧——我想你们俩还是该尽早见面。要不你睡一会儿吧——你看起来很累。"

利马斯点点头。"你可真是好心人啊——"他一只手别扭地做了个动作，"——为我做这么多。"艾什拍了拍他的肩膀，拿起军用防雨风衣，出去了。

利马斯觉得艾什已经安全离开了大楼，便立即小心掩上公寓的门，走下楼梯来到大堂，那儿有两个电话亭。他拨了一个梅达谷的号码，说找托马斯先生的秘书。立即有个女孩的声音说："您好，我是托马斯先生的秘书。"

"我代表山姆·基弗先生打电话，"利马斯说，"他接受了邀请，希望今晚亲自联系托马斯先生。"

"我会转告托马斯先生。他知道到哪儿与您联系吗？"

"海豚广场，"利马斯回答，然后说了地址，"再见。"

他在前台问了一些问题，然后回到了艾什的公寓。他在露营床上坐下，看着自己紧握的双手。过了一会儿，他躺了下来。他决定接受艾什的建议，休息一下。闭上眼睛的时候，他想起在贝斯沃特那间公寓里，丽兹躺在他身旁。不知道她怎么样了，他朦朦胧胧地想。

他被艾什叫醒了，还有一个身材矮小、体形略胖的男人，有些灰白的长头发向后梳成大背头，穿一件双排扣的外套。他说话带着一点儿中欧的口音，也许是德国口音，很难判断。他说他是基弗——山姆·基弗。

他们带了金汤力鸡尾酒，说话的主要是艾什。这就和从前一样，他说，在柏林的时候。小伙子们聚在一起，一到晚上世界便是他们的。基弗说他不想搞太晚，明天还要工作。他们同意到艾什熟悉的一家中餐馆吃饭——就在莱姆豪斯警察局对面，得自己带酒。神奇的是，艾什厨房里有勃艮第葡萄酒，于是他们便带上酒，上了出租车。

晚餐很丰盛，他们把两瓶酒都喝完了。喝到第二瓶的时候，基弗的话多了一点儿，说他刚刚去过西德和法国。法国乱成了一锅粥，戴高乐要下台了，后面会怎么样，天知道。十万生活在阿尔及利亚的“黑脚”[1]即将回国，一个个意志消沉，他

1 指生活在原法属阿尔及利亚的欧洲定居者后裔，与阿尔及利亚的穆斯林原住民对立。

觉得法西斯主义有可能抬头。

“那德国呢？”亚历克问道，想让他继续说下去。

“关键问题就是美国佬能不能控制局面。”说完，基弗看着利马斯，似乎在邀请他继续交谈。

“这话什么意思？”利马斯问。

“就是我说的意思啊。杜勒斯[1]刚伸手给他们一个外交政策，肯尼迪反手又把那政策收了回去。他们开始烦躁了。”

利马斯突然点点头，说道：“该死的美国佬就是这样。”

“亚历克似乎不太喜欢我们的美国兄弟。”艾什硬生生插了一句。基弗完全无动于衷，只喃喃地说：“哦，是吗？”利马斯心想，基弗这是放长线。像懂马的人一样，他自己不动，要让马走过来。他表现完美，看起来就像怀疑别人要请他帮忙，不愿意轻易应允。

晚饭后，艾什说：“我知道沃德街有个地方，你去过的，山姆。他们的服务没问题。我们叫辆车过去吧？”

“等一等。”利马斯说。艾什察觉到他声音里有种异样的东西，快速看了他一眼。“有件事你们得跟我说说，好不好？今天

1　即约翰·福斯特·杜勒斯（John Foster Dulles，1888—1959），美国共和党政治人物，第52任美国国务卿。

这乐子，到底谁买单啊？”

“我买，”艾什立即说，“我和山姆。”

“你们商量过了吗？”

“嗯——没有。”

“我可是没钱的啊！你知道的，是不是？反正不敢随便花。”

“那当然，亚历克。到现在我都在照顾你，对不对啊？”

“是的，”利马斯回答，“是的，你照顾了我。”

他好像还要说点别的，但又改变了主意。艾什并不生气，但显得有些担心，基弗则和之前一样高深莫测。

利马斯不愿意在出租车里说话。艾什说了句话，试图缓和一下气氛，但他只是不耐烦地耸了耸肩膀。他们到沃德街下了车，利马斯和基弗都没有做出要付车费的样子。艾什领着他们经过一个全是“欲女”杂志的商店橱窗，走过一条狭小的胡同，胡同尽头有一块华丽的霓虹灯招牌，上面写着：“猫柳俱乐部。仅限会员。”门两侧都是女孩的照片，每张照片上都别着一张手工印刷的小纸条，上面写着：“自然研究。仅限会员。”

艾什按了门铃。开门的是一个身材魁梧的男人，穿着白色衬衫、黑色裤子。

“我是会员，”艾什说，“这两位先生是跟我一起的。”

“看一下你的卡？”

艾什从钱包里拿出一张米黄色的卡片，递了过去。

“你的客人每人付一镑临时会员费。你是推荐人，对吗？”他伸出手要把卡片递回来，就在这时，利马斯将手伸到艾什身前，接过卡片，看了一眼，又将卡片递还给艾什。

利马斯从屁股口袋里掏出两镑，放在看门人伸出来的手里。

“两镑，”利马斯说，“客人们的。”他不理会艾什的惊讶与抗议，率先撩开帘子穿过门廊，走进俱乐部光线暗淡的门厅。他转过身，对着看门人。

“给我们找张桌子，”利马斯说，“还有一瓶苏格兰威士忌。还有，不要让人来打扰我们。”看门人犹豫了片刻，决定照办，随即将他们领到楼下。下楼时，他们听到了含混难辨的音乐声，如同低沉的呻吟。

他们在房间后面占了一张桌子。一个由两人组成的乐队正在表演，女孩子们三三两两，在四周坐着。他们进来的时候，有两个女孩站起身来，但那个大块头看门人摇了摇头。

等威士忌的时候，艾什不安地望着利马斯。基弗似乎有点儿无聊。服务生拿来一瓶酒和三个杯子，三人默默地看着他往每个杯子里倒了点威士忌。利马斯从服务生手里拿过酒瓶，往每个杯子里又加了同样多的酒。然后，他探过身子，对着艾什说："现在，也许你该告诉我，这他妈的究竟是怎么回事了吧？"

"你这是什么意思？"艾什犹豫地说道，"你这是什么意思，亚历克？"

"我放出来那天，你从监狱一直跟着我，"他低声说，"编什么愚蠢的故事，说在柏林见过我。你不欠我钱，还要把钱给我。你请我吃豪华大餐，还让我住在你的公寓里。"

艾什红了脸，说道："如果你这样……"

"不要打断我说话，"利马斯厉声说道，"就他妈的好好等我说完，行不行呢？你这地方的会员卡上，写着墨菲的名字。你叫墨菲吗？"

"不，我不叫墨菲。"

"我想，会员卡是一个叫墨菲的朋友借给你的吧？"

"不，实际上不是借的。你真要问的话，我偶尔到这儿来找个女孩。我用假名办的会员卡。"

"那好，"利马斯不依不饶地问道，"你公寓的租客，登记的名字为什么也是墨菲呢？”

基弗终于开口了。

“你回家去吧，”他对艾什说，“交给我。”

一个女孩在表演脱衣舞。这是个年轻而无趣的女孩，大腿上有块淤青。她不穿衣服显得细长瘦弱、让人同情，这就有些尴尬，因为一点儿也不性感，缺乏技巧，无法激起人的欲望。她缓缓转动身体，不时突然伸出胳膊或腿，好像她只能听到音乐的片段一样，而且她全程一直看着他们，像孩子过早对成人的陪伴发生了兴趣。音乐的节奏突然快起来，女孩立即做出反应，像狗听到了哨声，开始来来回回地跳。听到最后一个音符，她脱下胸罩，举在头顶上，展示着她那瘦弱的身体，三块亮闪闪的金属片挂在她身上，像陈旧的圣诞装饰品。

两人默默地看着，利马斯和基弗。

“我想，你大概要告诉我，以前我们在柏林见过更好的。”利马斯终于开口说道。基弗看得出来，他仍然很生气。

“我想你应该见过，”基弗愉快地说，“我经常去柏林，不过恐怕我不太喜欢夜总会。”

利马斯没说话。

“放心，我可不是假正经，我只是理性。如果我想要女人，我知道更便宜的方法。如果我要跳舞，我知道更好的地方。”利马斯可能根本没听他说话。

“也许你该告诉我，那个娘娘腔的家伙为什么找到了我。”他说。基弗点点头。

“那当然。是我叫他去的。”

“为什么？”

“我对你有兴趣。我来给你个提议，新闻方面的提议。”

片刻沉默。

“新闻，”利马斯重复道，“我明白了。”

“我有个通讯社，提供国际特写服务。报酬高——非常高，如果材料有趣的话。”

“材料由谁发表呢？”

“报酬非常高，实际上呢，你这样的人有……有国际舞台上的经验，你懂的，有你这种背景的人，如果提供真实可信的材料，就能在比较短的时间内摆脱经济困难。”

“材料由谁发表呢，基弗？”利马斯的声音里略带威胁，基弗圆润的脸上似乎掠过一丝焦虑，但那只是片刻之间的事情，转瞬即逝。

"国际客户。我在巴黎有个联络员，我的不少东西是他处理的。我经常并不知道由谁发表。"他露出令人宽慰的笑容，又补充道，"我承认，我也不怎么在乎。他们付钱，让我继续提供。他们这种人啊，你知道的，利马斯，不会去追究令人尴尬的细节。他们按时付钱，比如说吧，也愿意把钱打进外国银行账户，这样就没人管缴税之类的事情了。"

利马斯没说话。他双手握着杯子，眼睛朝杯子里盯着。

天哪，他们可真是急啊，利马斯心想。这可不体面。他想起了一个愚蠢的杂耍舞台笑话——"这个提议，没有哪个正经女孩能接受——对啦，我还不知道价钱哪。"他心想，从策略上讲，他们急一点是对的。我分文皆无，坐牢的经历记忆犹新，对社会有强烈的憎恶。我是匹老马，不需要慢慢驯。我没必要假装英国绅士，说他们这样做侮辱了我的尊严。相反，他们会预判他在实际层面上表示反对。他们会预判他害怕，因为情报局追捕叛徒，就像上帝的眼睛越过沙漠死死盯住该隐一样。

到最后，他们会知道，这就是一场赌博。他们会知道，人类的决定反复无常，会将最周密的间谍招募计划变成胡说八道。行骗的、撒谎的、犯罪的，能经受种种诱惑，而体面的绅士也曾因为部门食堂的白菜煮得太烂而犯下骇人听闻的叛国罪行。

“那他们可得付他妈的不少钱，”利马斯终于喃喃地开口说道。基弗又给他倒了一些威士忌。

“他们先付一万五千英镑的定金。钱已经在伯尔尼州立银行了。只要有合适的身份证明——这个我的客户们会给你提供的——你就能把钱取出来。一年之内，我的客户们有权向你提问，另外再支付五千英镑。他们还会提供帮助，如果有……有移居方面的问题。”

“你什么时候需要答复？”

“现在。你没必要将回忆都写下来。你会与我的客户见面，他会做安排，材料可以……让人代写。”

“我要在哪里与他见面？”

“为了大家方便，我们觉得在英国境外见面是最简单的。我的客户提议去荷兰。”

“我没有护照。”利马斯呆呆地说。

“我自作主张，已经为你准备好了。”基弗优雅自如地回答。他不过是在谈一桩合理的商务安排，从他的声音和表情中，看不出任何异样。“我们明天上午九点四十五分要乘飞机到海牙。现在我们回到我的公寓，商量余下细节，怎么样？”

基弗买了单，他们乘出租车来到一处好地方，离圣詹姆斯公园不远。

基弗的公寓昂贵奢华，但里面的陈设多少给人临时拼凑的感觉。据说，伦敦有的商店整排整排地卖精装书，按长度计价。还有室内装修公司，能根据某幅图画来搭配墙壁的色调。利马斯对这种精致品位不太能接受，一时差点以为这是家酒店，而不是私人公寓。基弗领着他进入他的房间（房间正对着一个脏兮兮的内院，而不是街道），利马斯问道：

“你在这儿住了多久啊？”

“哦，不长，”基弗轻松地回答，“几个月吧，最多了。”

“要花不少钱啊。不过，我想你也值。”

“谢谢。”

房间里有一瓶苏格兰威士忌和一个苏打水虹吸瓶，放在银色的托盘上。房间另一头有个拉着帘子的过道，里面是盥洗室兼厕所。

“真是个不错的小爱巢啊。都是由那个伟大的工人阶级国家买单的吗？”

“闭嘴，”基弗恶狠狠地说，随即又补充道，“需要我的话，有内部电话到我的房间。我不会睡的。”

“我想我现在还行，脱衣服就不用帮忙了。”利马斯反唇相讥。

“那就晚安吧。”基弗没好气地说，然后离开了房间。

他也很紧张，利马斯心想。

利马斯被床头的电话叫醒了。是基弗。

“六点了，”他说，“六点半吃早饭。”

“好的。”利马斯回答，然后挂了电话。他头疼。

基弗肯定提前叫了出租车，因为七点整，门铃响了。“东西都齐了吗？”基弗问。

“我没有行李，”利马斯回答，“只有一把牙刷和一个剃须刀。”

“那儿都有。其他的都准备好了？”

利马斯耸耸肩膀。“我想是吧。你有香烟吗？”

“没有，”基弗回答，“但飞机上会有。这个你最好先看一下。”说着，他递给利马斯一份英国护照。护照上用的是他自己的名字，贴了他本人的照片，一个角落上深深地嵌着外交部的印章。护照不新不旧，上面说利马斯是文员，单身。利马斯手里第一次拿着这本护照，心里有些紧张。这有点像结婚：无论发生什么，以后的日子肯定都不一样了。

“钱呢？”利马斯问。

“你不需要钱。公司买单。”

-8-

“海市蜃楼”

早上很冷，湿漉漉的灰色薄雾扎着人的皮肤。机场让利马斯想起战争：机器半隐在雾中，耐心地等待着主人；人们高声说话的声音在四周回响，不时突然有一声叫喊，或者某位女孩的高跟鞋踩在石头地面上，发出不和谐的咔嗒声；某台引擎发出巨大的轰鸣声，仿佛就在你身边。天蒙蒙亮就起床了的人群之中，处处有种密谋的气息——甚至有种超凡脱俗的气息，来自于他们目睹夜晚消失、清晨降临的共同经历。机场工作人员受到晨曦之谜的感染和刺骨严寒的激发，便有了这样的神情：他们超然地看着乘客和行李，好像刚从前线归来的战士。这个清晨，凡夫俗子不在他们的关注之内。

基弗给利马斯准备了行李箱。这个细节很好，利马斯很佩服。没有行李的乘客会引人注意，基弗的计划中可没有引人注意的部分。他们在航班柜台办了登机手续，跟着标识前往护照检查口。有一刻，他们竟然荒唐地迷了路，基弗对一名搬运工很不礼貌。利马斯想，基弗大概是担心护照——其实不用担心，他心想，护照没问题。

检查护照的人个头不高、年纪很小，系着英国情报团的领带，衣领上别了个神秘的徽章。他留着姜黄色的胡子，说话带着一辈子也摆脱不了的英格兰北部口音。

“要离开很长时间吗，先生？”他问利马斯。

“几个星期。”利马斯回答。

“你要留意一下，先生。你的护照三十一号之前必须更新了。”

“我知道。”利马斯说。

他们并肩走进乘客等候室。路上，利马斯说：“你是个疑神疑鬼的混蛋，是不是啊，基弗。”基弗低声地大笑起来。

“不能让你乱跑啊，是吧！合同不是这样写的。”他回答。

他们还要等二十分钟。两人找张桌子坐下来，点了咖啡。“把这些统统弄走。”基弗指着桌子上别人用过的杯子、盘子和烟灰缸，又对服务生说。“马上有推车过来。”服务生回答。

“拿走，”基弗重复了一遍，又发火了，“真是恶心，脏餐具就这样丢在桌子上不管。”

服务生只是转过身，走开了。他没有走到服务台前，没有给他们点咖啡。基弗气急败坏，脸都白了。“你就省省吧，”利马斯低声说，“算啦。人生苦短。”

“无耻的混账，他就是个无耻的混账。”基弗说。

“好吧，好吧，把事情搞大，你挑了个好时候。这里的人永远也不会忘记我们。”

海牙机场的手续没有问题。基弗似乎走出了焦虑状态。飞机和海关过境处的短短路程，他走得喜气洋洋，话也多了起来。荷兰官员随意瞥了一眼他们的行李和护照，用低沉而蹩脚的英语宣布：“祝你们荷兰旅行愉快。”

“谢谢，”基弗感激得几乎有些过头，“非常感谢。”

他们从海关过境处，沿着通道走到机场大楼另一侧的接待大厅。基弗带头朝出口走去，不时有三五成群的旅客，漫不经心地看着各摊位上展示的香水、相机和水果。两人推开旋转玻璃门走出去的时候，利马斯回头看了一眼。报纸摊位旁边站着一个人，正在认真地阅读一份《大陆每日邮报》。他身材矮小，戴着眼镜，像只青蛙。这是个急切而焦虑的人。看起来像公务人员。大概那类人吧。

停车场有辆车等着他们，一辆大众，挂着荷兰的车牌，开车的是位女士，对他们不理不睬。她开得慢，遇到黄灯总会停下来，利马斯猜，是上面让她这样开的，后面应该还有一辆车跟着。他看着后视镜，希望找出跟踪的车辆，但没有成功。有一次，他看到一辆黑色的标致，挂着外交牌照，但等他们拐了个弯，后面就只有一辆拉家具的小货车了。他战争期间在海牙，对这里很熟悉。他努力辨别车在朝哪里开。他猜他们在朝西北行驶，斯海弗宁恩那个方向。不久，他们便离开了市郊，眼前是海边沙丘旁的一排别墅。

车在这儿停了下来。他们留在车上，女人下了车，走到一座平房前按了门铃。这是幢奶白色的小房子，接近那排别墅的末尾。门廊上挂着一块铸铁牌子，上面用浅蓝色的哥特式字体写着“海市蜃楼”。窗户上有一则通知，说所有的房间都住满了。

开门的是一位面容和善、身材圆胖的女士，她目光越过司机，朝汽车望去。接着，她沿着车道朝汽车走来，眼睛一直没离开车子，脸上露出愉快的微笑。她让利马斯想起他的一位老阿姨，因为他浪费绳子打过他。

“你们来了真是太好了，”她说道，“你们来了，我们真是太高兴了！”他们跟着她走进小屋，基弗走在前头。司机回到了车上。利马斯回头冲来时的路上望了一眼；三百码开外，一辆黑色的车已经停了下来，也许是菲亚特，或者标致。一个穿着雨衣的男人正从车上下来。

进了客厅之后，女人热情地握住了利马斯的手。“欢迎欢迎，欢迎来到‘海市蜃楼’。一路都顺利吧？”

“很好。”利马斯回答。

“您是坐飞机的，还是坐船的呢？”

“我们坐飞机的，”基弗说，“飞行十分顺利。”好像他是航空公司老板一样。

“我来给你们准备午餐，”她说，“一顿特别午餐。我要给你们准备一点特别的好东西。要喝点什么吗？”

“哎呀，行了吧。”利马斯小声说，这时门铃响了。女人很快进了厨房，基弗去开门。

他穿着一件有皮纽扣的防雨风衣，身高和利马斯差不多，但年纪比他大。利马斯猜，他大概五十五岁上下。他面部线条硬朗，皮肤呈灰色，有很深的皱纹，以前可能当过兵。他伸出手来。

“我叫彼得斯。”他说。他的手指修长润滑。“一路都顺利吗？”

“是的，”基弗立刻答道，“平安无事。”

“我和利马斯先生有很多事要讨论，我想不需要再留住你了，山姆。你可以坐那辆大众回城里。”

基弗笑了。利马斯看出了那笑容中的轻松。

“再见了，利马斯，”基弗轻松愉快地说道，“祝你好运，老伙计。”

利马斯点点头，没理会基弗伸过来的那只手。

“再见。”基弗又说了一遍，然后轻轻地从前门出去了。

利马斯跟着彼得斯来到屋子后面的一个房间。窗户上挂着厚重的蕾丝窗帘，花边和褶皱都十分考究。窗台上放满了盆栽植物：几棵大仙人掌、一株烟草，还有一棵奇怪的树，叶子又大又亮。室内摆放着厚重的仿古家具。正中央有一张桌子和两把雕花椅子。桌上铺着一块铁锈色的桌布，更像一块地毯。桌面正对着两把椅子的地方，各放了一沓纸和一支铅笔。旁边的柜子里有威士忌和苏打水。彼得斯走过去，给两人都倒了点儿。

“听我说，”利马斯突然说道，“从现在开始，吃喝招待什么的，我就用不着了，你明白了吗？我们都很清楚要干什么，大家都是专业人士。你有了一个收费的叛徒——算你好运。看在老天爷的分上，就不要假装你已经爱上我了。”他听起来有些急躁，对自己没有把握。

彼得斯点点头。“基弗跟我说，你是个自负的人。”他平静地说道。接着，他又补了一句，脸上却没有笑意：“毕竟，一个人殴打开店的，还能有什么别的原因呢？”

利马斯猜他是俄国人，但不能确定。他的英语近乎完美。看他悠闲自在的样子和习惯，应该是过惯了现代社会的舒适生活。

两人在桌旁坐下。

“我要付你多少钱，基弗跟你说过了吗？”彼得斯问。

“说了。一万五千镑，从伯尔尼一家银行取款。”

“对。”

“他说，后面一年内，你也许还有后续的问题，”利马斯说，“如果我回答问题，你还会另付五千镑。”

彼得斯点点头。

“我不接受这一条款，”利马斯继续说，“你我都知道，这是行不通的。我要取出一万五千镑，然后一走了之。你们的人不会给叛变的间谍好果子吃，我们的人也一样。我可不会在圣莫里茨干坐着，等着你把我给的情报网络一一清除。他们不是傻子。他们会发现是谁出了问题。我们都知道，现在他们就在盯着我们了。”

彼得斯点点头。“当然，你可以去别的地方……更安全的地方，不是吗？”

“铁幕那边？”

“对。”

利马斯只是摇摇头，继续说道：“我想你大概需要三天做初步的盘问。然后你要向上级请示，再做更详细的汇报。”

“那倒不一定。”彼得斯回答。

利马斯看着他，似乎来了兴致。

“我明白了，”他说，“他们派了专家。莫斯科总部不也在关注这事吗？”

彼得斯没说话。他只是看着利马斯，揣摩着这个人。最后，他拿起面前的铅笔，说道：

“我们从你战时的经历开始？”

利马斯耸耸肩。

“随便你。”

“那好。我们就从你战时的经历开始。说吧。”

“我 1939 年加入工程部队。受训即将结束的时候，来了一个通知，招募精通语言的专家到海外服务。我会说荷兰语和德语，法语也还行，对当兵那一套又很厌烦，就申请了。我很熟悉荷兰，父亲在莱顿做机床代理，我在那儿生活了九年。我接受了常规的几轮面试，然后去了牛津附近的一所学校，他们在那儿教会了我那些常规的鬼把戏。”

“那是谁负责的？”

“我当时并不知道。后来我遇到了斯蒂德-阿斯普雷，还有一个牛津的老师，名叫菲尔丁。是他们负责的。41 年，他们让我去了荷兰，我在那儿待了将近两年。那时候我们的间谍损失得太快，都来不及招人——那就是赤裸裸的谋杀。干那种工作，荷兰可不是个好地方——没有真正的密林山地，根本没有地方建总部、藏电台。不停地搬家，不停地逃跑。成了非常龌龊的游戏。我是 43 年出来的，在英国待了几个月，然后我去了挪威——相比之下，那简直就像野营。45 年他们让我离职了，我又去了荷兰，想接手我父亲以前的生意，但没有成功。于是我去找一位老朋友，他在布里斯托尔做旅行社生意。维持了十八个月，公司就破产清算了。后来我突然收到局里一封信，问我愿不愿意回去？但我觉得那种事情我已经受够了，所以我说，让我想想。我在兰迪岛上租了个小屋，在那儿住了一年，思考我的人生，后来我又感到厌烦了，所以给他们写了信。49 年底，我又回去了。当然，那不能算作连续服役——养老金待遇要相应减少，类似的一堆废话。我说得太快了吗？”

“目前不算快，”彼得斯回答，又给他倒了些威士忌，“当然，我们回头会再讨论的，要有人名和日期。”

有人敲门，那个女人送午餐来了。有冷肉、面包和汤，非常丰盛。彼得斯把笔记推到一边，两人默默地吃着。盘问已经开始。

桌子收拾好了。“所以你回到了圆场。”彼得斯说。

“是的。有段时间，他们让我做办公室工作，处理报告，评估各铁幕国家的军事力量，跟踪外勤小组，诸如此类的事情。”

“哪个部门？”

“卫星四处。我在那儿从50年2月干到51年5月。”

“你有哪些同事？”

“彼得·吉勒姆、布莱恩·德·格雷、乔治·史迈利。史迈利51年初离开了，去了反情报部门。51年5月，我被派到柏林，当区域副主管。也就是负责所有行动。”

“你下面都有哪些人？”彼得斯飞快地写着。利马斯猜，他大概有自己的速记方法。

“哈克特、萨罗和德·扬。德·扬59年死于交通事故。我们认为他是被杀的，但一直没有证据。他们都有自己的网络，但我是负责人。你需要细节吗？”他冷冷地问。

“当然，不过细节后面再说。继续。”

“45年底，我们在柏林逮了第一条大鱼。弗里茨·费格尔，东德国防部的二把手。之前都很困难——不过，54年11月，我们逮住了弗里茨。他做了差不多刚好两年，后来有一天就突然没了他的消息。听说他死在了监狱里。我们三年后才找到能接触他的人。后来，到了1959年，卡尔·里梅克出现了。卡尔是东德共产党常委会成员。他是我认识的最优秀的间谍。”

“他现在死了。”彼得斯说道。

利马斯脸上闪过一丝羞愧的表情。

“他被枪杀时，我在场，”他喃喃地说，“他有个情妇，就在他死前那一刻过了边境。他把什么都告诉了她——整个该死的情报网她都知道。难怪他身份暴露了。”

“我们回头再来谈柏林的事情。你跟我说说。卡尔死了以后，你飞回了伦敦。后来你一直在伦敦，直到服役期结束吗？”

“是的，服役期剩下的也就那么点儿了。”

“你在伦敦做什么工作？”

“金融处：监管间谍们的薪水，负责秘密行动的海外支付。连孩子都能干。我们接到命令，签出汇票，就这么简单。偶尔会有个安全方面的小麻烦。”

“你直接和间谍打交道吗？”

“怎么可能呢？某个国家的驻地人员会提出要求。上面敲个章，发给我们支付。大多情况下，我们把钱转到某个方便的外国银行，这样驻地人员能自己去取，然后亲手交给间谍。”

“用什么方式指代间谍呢？用化名？”

“用数字。圆场称之为数组。每个网络都有一个数组。每名间谍则在数组后加个数字指代。卡尔的代号就是8A-1。”

利马斯出汗了。彼得斯冷冷地看着他，打量着他，像专业赌徒隔着桌子打量对手。利马斯有多大价值？什么能让他屈服？他喜欢什么，又害怕什么？他恨什么，最重要的是，他知道什么？他会把最好的牌留到最后，然后漫天要价吗？彼得斯认为不会。利马斯跌了大跟头，不会再胡闹了。他是个向自己开战的人，他只知道一种生活、一种职业，现在却背叛了。这种情况，彼得斯以前见过。甚至意识形态彻底反转的那些人也会如此，他们在夜深人静的时候皈依了新的信仰，孤身一人，在信仰内在力量的驱使下，背叛了他们的使命、他们的家人和他们的祖国。他们内心充满着新的热忱和新的希望，但就算他们，也要和背叛的污名做斗争；就算他们，说出终生受训不得透露的机密，也要经历可怕的挣扎，经历近乎肉体折磨般的痛苦。他们像害怕焚烧十字架的叛教者，在本能和物质之间犹疑。彼得斯也处在类似的两极之间，既要给他们舒适，又要摧毁他们的自尊。这种情形，他们双方都很清楚。所以利马斯奋力拒绝与彼得斯建立人与人的关系，因为他的尊严不许他这么做。彼得斯知道，出于某些原因，利马斯会撒谎。也许只是省略某些部分，但那同样是撒谎，可能是为了尊严，可能是表示藐视，也可能纯粹是职业的怪癖。而他，彼得斯，则必须抓住他撒谎的地方。同样，他也知道，利马斯的专业背景对他不利，这是事实，因为利马斯会在彼得斯不希望的地方做出筛选，会预判彼得斯想要的情报——在此过程中，他就可能略过某些评估者会认为至关重要的不起眼的信息。除了以上种种情况，彼得斯还要加上一条：生活无望的酗酒者，其虚荣心变化无常。

“我想，”他说道，“我们现在来详细记录你在柏林的情况。那是 1951 年 5 月到 1961 年 3 月。再来一杯。”

利马斯看着他从桌子上的盒子里拿出一根香烟，点着。他注意到两件事情：彼得斯是左撇子；他把香烟放进嘴里时，把印有品牌名称的那一头朝外，让它先烧掉。这个动作，利马斯很喜欢，这表明彼得斯和他一样，也曾经逃跑过。

彼得斯的脸很奇怪，脸色发灰、没有表情。那张脸上可能很久之前就没了血色——也许是因为革命初期坐过牢——现在，他的面部特征定型了，到死恐怕都是这个颜色。那灰白色的硬头发也许会变白，但那脸色是不会再变了。利马斯心想，不知道彼得斯真名叫什么，有没有结婚。他身上有种正统的东西，利马斯很喜欢。那来自力量和自信。如果彼得斯撒谎，那一定有理由。那会是有计划的、必要的谎言，和艾什吞吞吐吐的不诚实有天壤之别。

艾什、基弗、彼得斯，在素质和权威上是递进的，在利马斯看来，这代表了一个情报网络的等级关系。他怀疑，这可能也是意识形态上的递进。艾什是雇佣军，基弗是同路人，彼得斯呢，对他来说，目的和手段是合二为一的。

利马斯开始谈论柏林。彼得斯很少打断，很少提问或评价。不过，一旦开口，他便在技术上刨根问底，体现了专业素养，这与利马斯自己的性情完全吻合。利马斯甚至似乎认同了盘问者沉着冷静的专业作风——在这一点上他们惺惺相惜。

在柏林建立一个像样的东区情报网，花了很长时间，利马斯解释道。早期，柏林到处都是二流的间谍。劣质的情报工作充斥着柏林生活的各个方面，以至于你可以在某个鸡尾酒会上招个人，吃晚饭时给他交代情况，第二天早饭前他的身份就暴露了。对专业特工来说，那简直是场噩梦：几十家情报机构，一半都被对手渗透了，数以千计的散兵游勇，线索无数但资源匮乏，几乎没有开展行动的空间。没错，1954 年他们招募了费格尔，算是取得了突破。但到了 56 年，情报局每个部门都吵着要高质量的情报，他们却束手无策。有了费格尔，他们再也不愿意去搞二流的东西，那也不过比新闻略早一步而已。他们要货真价实的东西——那要到三年之后才能得到。

有一天，德·扬到东柏林边上的一片树林里野餐。他的车挂着英国军方的牌照，停在运河边一条小路上，锁好了。野餐结束后，他的孩子们拿着篮子在前头跑。来到车边，他们停下脚步，犹豫了片刻，然后丢下篮子，都跑了回来。有人撬开了车门——把手断了，门开了一条缝。德·扬骂了一句，他想起相机还丢在车上的杂物箱里。他走过去查看车子。把手被撬断了，他猜大概用的是一节铁管，可以揣在袖子里的那种。不过，相机还在，他的外套也在，还有他妻子的几个袋子。驾驶座上有个香烟盒，盒里有一枚硬币大的小东西。德·扬知道那是什么：一种微型相机的胶片盒，很可能是米诺克斯相机。

德·扬开车回家，将相片冲洗出来。里面是东德共产党常委会上一次会议的会议纪要。巧合的是，刚好有另一处情报与之吻合，证明相片是真的。

利马斯随即接手了这件事。他太需要成功了。自从来到柏林，他几乎没有成绩，而且他也快达到全职行动的常规年龄限制了。一周后，他开着德·扬的车来到同一地点，然后散步去了。

德·扬选择的野餐地是个偏僻的地方。有一段运河，几处弹痕累累的掩体，几块干裂的沙地，东边还有一片稀疏的松树林，离运河旁的石子路大约两百码。不过，这个地方的好处就是偏僻——柏林很难找到这样的地方——监控是不可能的。利马斯在树林里走着。他没去留意汽车，因为不知道人家从哪个方向走过去。如果对方看见他在树林里监视，那可能会毁了告密者对他们的信任。不过，其实他没必要担心。

回去后，他发现车里什么也没有，所以他开车回到了西柏林，觉得自己是个傻瓜，简直要扇自己耳光。常委会要到两周后才开会。三周后，他又借了德·扬的车，带了个野餐篮，里面装着二十元一张的现金，共一千美金。他把车丢在那儿，没锁。两小时后，他发现杂物箱里有个香烟盒。野餐篮不见了。

胶片里全是一流的现场记录。接下来六个星期里，他又去了两次，都发生了同样的事情。

利马斯知道，这是挖到了金矿。他给这个信息源取了个代号，叫作“梅菲尔”，然后给伦敦发了一封信，说情况不容乐观。利马斯知道，如果他给伦敦透露一点儿消息，他们会直接控制这个案子，这是他绝对不愿意看到的。正是这样的行动，也许能拯救他，让他不至于过早退休。也正是这样的行动，伦敦肯定要直接接管。就算圆场不过度介入，他们仍然有可能提出各种猜测和建议，催促他小心谨慎，或者命令他采取行动。他们肯定会要他只给崭新的钞票，说不定有追踪的可能；他们会要他把胶片盒送回英国进行检查；他们会设计种种愚蠢的跟踪计划，并通知所有部门。最主要的是，他们肯定愿意把这事告诉所有部门。那样的话，利马斯说，整个事情就全暴露了。整整三个星期，他像个疯子一样工作。他梳理了常委会里每个成员的档案。他列出了可能接触会议纪要的所有官员的清单。根据文件最后一页上的抄送人员名单，他将可能的告密人员扩大到三十一人，其中包括文员和秘书。

要根据三十一份不完整的档案，找出这位告密者，几乎是不可能完成的任务。于是利马斯又回到了原始材料，他说，他其实早就该这样做。让他困惑的是，迄今为止，他收到的所有会议纪要复印件，都没有标注页码，也没有盖保密级别的印章，第二次和第四次收到的材料中，有些单词被人用铅笔或彩笔划掉了。最后，他下了一个重要结论：胶片上拍的不是会议纪要本身，而是会议纪要**草稿**。那么信息源就仅限于秘书处，而秘书处是非常小的。会议纪要草稿拍摄得整齐而仔细，说明拍摄者时间充足，而且有自己的房间。

利马斯又去查看人员档案。秘书处里有个人名叫卡尔·里梅克，曾是医疗队的下士，在英国当了三年的战俘。他妹妹曾在波美拉尼亚生活，俄国人占领之后，便没了她的消息。他结了婚，有个女儿，名叫卡拉。

利马斯决定试一试。他从伦敦查到了里梅克的战俘号码——29012；以及他被释放的日期——1945 年 11 月 10 日。他买了一本东德的儿童科幻图书，在扉页上用德语模仿青少年的笔迹写道："本书属于卡拉·里梅克，1945 年 12 月 10 日生于北德文郡的拜德福德。月球太空女 29012 号签名。"在这行字下面，他又补充道："太空飞行申请者，要面见卡拉·里梅克接受指导。申请表已附。民主太空人民共和国万岁！"

他在一张书写纸上用尺子划好线，写上"姓名""地址""年龄"等栏目，然后在纸的最下方写道："每位申请人将单独面试。请致信常用地址，说明你希望见面的时间和地点。申请将在七日内回复。卡拉·里梅克。"

他把那张纸夹进书里。利马斯仍旧开着德·扬的车，来到老地方，在书的封面里放了五张一百元的旧钞票，然后把书放在乘客座位上。等利马斯回来，书已经不见了，座位上多了一个香烟盒，里面有三卷胶片。利马斯当天晚上就把胶片冲洗了出来。第一卷和往常一样，是常委会最近会议的纪要；第二卷是东德与苏联经济互助委员会关系的修订草案；第三卷是东德情报系统的详细结构，包括各部门的职能和人员细节。

彼得斯打断了他。“稍等，”他说，“你是说这些情报全都来自里梅克？”

“为什么不是呢？你知道他看到了很多东西。”

“这不太可能，”彼得斯几乎是自言自语地说，“他肯定有帮手。”

“后来他确实有帮手。我接下来会讲。”

“我知道你要跟我说什么。可是，你有没有想过，帮他的除了他后来招募的间谍之外，可能还有上面的人。”

“没有。没有，从来没想过。根本没往那上面想。”

“现在回头看，你觉得有可能吗？”

“不太可能。”

“你把这些材料送回圆场后，他们就从来没有提过，这些情报史无前例、无所不包，就算对里梅克这么高地位的人来说，也让人觉得不可思议？”

“没有。”

“他们有没有问过，里梅克的相机是怎么来的，谁教他学会了文件拍摄？”

利马斯犹豫了一下。

“没有……我确定，他们没问过。”

“不同寻常，”彼得斯不动声色地说道，“很抱歉——请继续。我并非有意提前说出你的经历。”

一个星期后，利马斯继续说道，他开车来到运河边，这次他感到紧张。拐上小路后，他看到草地上倒着三辆自行车，运河下游两百码的地方，有三个人在钓鱼。他和往常一样下了车，迈步朝田野另一头的那排树走去。他大概走了二十码，听到有人喊。他回过头去，看到其中一个人在朝他招手。另外两个人也转过脸，正看着他。利马斯穿着一件旧防雨风衣，双手插在风衣口袋里，这时候要拿出双手已经迟了。他知道，两边的两个人是在为中间的人做掩护，如果他把双手拿出来，他们会以为他口袋里装着手枪，很可能会开枪。利马斯在离中间那个人十码远的地方停了下来。

“你喊我有事吗？”利马斯问。

“你是利马斯？”他身材矮胖，非常沉稳，说的是英语。

“是的。”

“你英国公民身份号码是多少？”

“PRT-L58003-1。”

“胜利日当天晚上你在哪里？”

“荷兰莱顿，在我父亲的车间里，和几位荷兰朋友一起。”

“我们散散步吧，利马斯先生。风衣就不需要了。脱下来放地上，就在你站的地方。我的朋友们会看着的。”

利马斯犹豫了一下，耸耸肩，脱下了风衣。然后，他们迈着轻快的步伐，一起朝树林走去。

“他是谁，你也很清楚，”利马斯疲惫地说，“内务部三把手，东德共产党常委会秘书，保护人民工作协调委员会负责人。所以他才会知道我和德·扬。他看过我们在东德总局反情报部门的档案。他有三个渠道：常委会、内政和经济报告以及东德国家安全总局的档案。”

“但他接触档案是受限的。他们绝不会让外面的人看所有档案。”彼得斯坚持认为。

利马斯耸耸肩。

“他们会的。”他说。

“他的钱怎么处理的？”

"那天下午以后，我就不再给他钱。圆场直接接管了。钱汇进一家西德银行。我给他的钱，他甚至都还给了我。伦敦帮他打到银行里了。"

"你跟伦敦汇报了多少？"

"从那以后，我什么都汇报，没办法。然后圆场又告诉了所有部门。然后呢，"利马斯又恶狠狠地补充道，"迟早要完蛋。各个部门在后面盯着，伦敦就越来越贪婪，开始给我们压力，要他提供更多情报，给他更多钱。最后，我们只好跟卡尔建议，让他招募其他人，形成一个网络。这是愚蠢的做法，给卡尔增加了压力，也增加了他的风险，破坏了他对我们的信任。事情就是从那时候开始完蛋的。"

"你从他那儿得到了多少信息？"

利马斯犹豫了。

"多少？天哪，我不知道。持续的时间很久，都有些反常。我认为，他被杀之前很久，身份就已经暴露了。最后几个月，东西的质量降低了，我想他们已经开始怀疑他，不让他接触真正的好东西。"

"总体上，他给你们提供了什么？"彼得斯坚持问道。

利马斯一条一条叙述卡尔·里梅克所做的全部工作。彼得斯颇为赞赏地注意到，他的记忆异常准确，何况他还喝了不少酒。他能说出日期和人名，记得伦敦作出了什么反应，如果有佐证的话，佐证是什么样的。他记得对方索要钱财的数额和实际支付的数额，也记得其他间谍加入网络的日期。

“很抱歉，”彼得斯最后说，“我仍然不相信一个人能获取如此丰富而具体的情报，无论他的位置多么有利，为人多么小心，工作多么卖力。就算有这个本事，也不可能都拍照。”

“他的确有这个本事，”利马斯固执己见，突然发起火来，“他就是做到了，就这么简单，还有什么好说的。”

“圆场从来没有让你和他一起查一查，那些情报究竟是怎么看到的、什么时候看到的？”

“没有，”利马斯没好气地说，“里梅克不喜欢这样做，伦敦也同意不去管。”

“好吧，好吧。”彼得斯思索着。

过了一会儿，彼得斯说：“你知道有个女人，是无意中知道的吗？”

“什么女人？”利马斯立即问道。

“卡尔·里梅克的情妇，里梅克被杀那天晚上到西柏林的那位。”

“她怎么啦？”

“她一个星期前死了。谋杀。离开公寓时，被人从车里开枪打死的。”

“那以前是我的公寓。”利马斯呆呆地说。

“也许呢，”彼得斯说，“她比你更加了解里梅克的情报网。”

“你这是什么意思？”利马斯质问道。

彼得斯耸了耸肩膀。

“这事非常奇怪，”他说，“不知道是谁杀了她。”

谈完卡尔·里梅克的情况之后，利马斯交代了其他比较普通的间谍的情况，随后又说了他柏林办公室的办事流程、通信方式和工作人员，以及他们的秘密配备——公寓、车辆、录音和拍照设备等。他们谈到深夜，第二天谈了一整天。晚上他踉踉跄跄走到床边，知道自己泄漏了盟国在柏林的所有情报，两天内他喝了两瓶威士忌。

有件事让他疑惑：彼得斯坚持认为卡尔·里梅克有帮手，有高层的合作者。老大曾问过他同一个问题——现在他想起来了——老大问过里梅克是怎么获得情报的。他们两人为什么都那么确定，卡尔不是一个人干的？他当然有帮手，比如利马斯在运河边与他见面时的那两名卫兵。但他们是小角色——卡尔跟他说起过他们。可是，彼得斯呢——毕竟，卡尔究竟接触了多少东西，彼得斯会一清二楚——彼得斯拒不相信卡尔是一个人干的。在这一点上，彼得斯和老大显然意见一致。

也许是真的。也许还有别人。也许这就是所谓的“特别关注”，老大急于保护，不让蒙特破坏。那就是说，卡尔·里梅克提供的情报，是他和这位“特别关注”者一起合作、共同获取的。那天晚上在利马斯的柏林公寓里，老大和卡尔单独谈的，也许就是这件事。

不管怎么样，明天就见分晓了。明天，他要打出自己的牌。

谁杀了埃尔维拉呢？他想。不知道他们**为什么**要杀她。有个可能的解释是这样的：埃尔维拉知道里梅克这位特殊同谋的身份，**正是**这位同谋把她杀了……不，那有点牵强了。忽略了从东边过境到西边的困难：埃尔维拉毕竟是在西柏林被人谋杀的。

埃尔维拉被人杀了，老大为什么不告诉他呢？他想。这样彼得斯说出这一消息，他的反应会更加真实一些？瞎猜没有用。老大有他的理由，而他的那些理由总他妈的绕弯子，你花一个礼拜也搞不明白。

入睡前，他喃喃说道：“卡尔是个该死的傻瓜。那个女人坏了他的事，就是她，我敢肯定。”现在埃尔维拉死了，也是活该。他想起了丽兹。

-9-

第二天

第二天一早，彼得斯八点就到了。两人没有客套，直接在桌边坐下来，开始谈话。

“你回了伦敦。你在那儿干什么？”

“他们让我坐了冷板凳。人事的那个混蛋在机场接我，我就知道完蛋了。我直接去见了老大，汇报卡尔的事。他死了——还有什么好汇报的？”

“他们怎么处置你的？”

“一开始他们说，我可以先在伦敦混着，时间一到，就能拿份像样的养老金。他们说得煞有其事，我就生气了——我跟他们说，真要着急给我钱，事情明摆在那儿，干吗不把我的时间都算进去，非得唧唧歪歪说什么服役中断。我这样说，他们也不高兴了。他们把我塞进金融处，和一大堆女人在一起。那段时间我记不太清楚了，我开始喝酒。日子过得乱七八糟。”

他点了根烟。彼得斯点点头。

“他们把我踢掉，就是这个原因，真的。他们不喜欢我喝酒。”

“金融处的事情你还记得哪些，告诉我。”彼得斯说。

“那是份无聊的工作。我不是坐办公室的料，我很清楚。我一直赖在柏林，就是这个原因。我知道，他们让我回去之后，一定会让我坐冷板凳，可是，天哪……！”

“你都做些什么？”

利马斯耸耸肩膀。

“一天到晚在同一间屋子里坐着不动，还有两个女人。瑟斯比和拉瑞特，我把她们叫作‘星期四’和‘星期五’。”他傻傻地咧嘴一笑。彼得斯似乎没听懂。

“都是无聊的办公室工作。财务那边来封信：‘支付给某某人的七百美元已获授权，自某月某日起。烦请处理’——基本上就是这样。‘星期四’和‘星期五’会放一阵子，然后归档、敲章，我就签个支票，或者让银行转账。”

“什么银行？”

“布莱特与罗德尼，金融区一家俗气的小银行。圆场流行一种说法，认为伊顿公学的人做事谨慎。”

“那么你知道全世界所有间谍的名字？”

“那倒未必。狡猾的地方就在这里。你看，我签支票或银行支付委托书，但收款人姓名，我们会空出来。面函什么的都全部签好，然后档案要转回到‘特别配送处’。”

“那是干什么的？”

“他们一般掌握着间谍的细节。他们把名字填进去，然后寄出委托书。不得不说，真聪明。”

彼得斯露出失望的表情。

“你是说，你没办法知道收款人的名字？”

“一般不行。”

“那么偶尔呢？”

“不时会接触点真东西。金融处财务处特别配送处，文件搞来搞去，他妈的总要出乱子。太复杂了。这样我们偶尔就能碰到点特别的东西，无聊的日子也算多了点乐趣。”

利马斯站起身。“我列了个单子，”他说，“能记得的支付记录都在上面。在我房间里。我去拿。”他拖着脚走出了房间，到了荷兰之后，他就一直假装用这种方式走路。回来时，他手里拿着几张印有横线的纸，是从一本廉价的笔记本上撕下来的。

“我昨晚写下来的，”他说，“我想能节省点时间。”

彼得斯接过笔记，缓慢而认真地读着。他似乎很感兴趣。

“好，”他说，“非常好。”

“我记得最清楚的一件事，叫作‘滚石’。为此还出去了几次。一次到哥本哈根，一次到赫尔辛基。都是到银行存钱。”

“多少？”

“哥本哈根是一万美元，赫尔辛基是四万德国马克。”

彼得斯放下铅笔。

“给谁？”他问。

“天知道。‘滚石’是通过一个存款账户系统。情报局给我一本假的英国护照。我去了哥本哈根的皇家斯堪的纳维亚银行、赫尔辛基的芬兰国家银行，把钱存进去，开一个由我和另外一个人共同持有的联名账户，我用的是化名，另外一个人我想是间谍吧，用的也是化名。我给银行提供一份共同持有人的签名样本。那是总办给我的。事后他们会把存折和一份假护照给间谍，他在银行出示一下，就可以取钱了。我只知道化名。”这些话在他自己听来，显得荒诞不经、难以置信。

“这个程序常见吗？”

“不。是特殊的支付方式。有个申请记录。”

“那是什么？”

“有个代号，只有少数几个人知道。”

“代号是什么？”

“我跟你说过——‘滚石’。处理一万美元的非常规支付，在不同国家的首都，用不同的货币。”

“总是在首都吗？”

“就我所知是的。我记得在文件中看到，我到金融处之前，还有其他‘滚石’付款，不过那时候金融处都是让当地的驻地人员干的。”

“你去之前的那些支付，都发生在什么地方？”

“奥斯陆有一次。其他的在哪里，我不记得了。”

“间谍的化名总是同一个吗？”

“不是。那算是额外的防范措施。听说这套东西，我们是从俄国人那里学来的。这是我见过的最复杂的支付方式。同样，每次出差，我也用不一样的化名，当然护照也不一样。”这话该让他满意吧，帮他填补了漏洞。

“给间谍的那些假护照，让他取钱用的，你了解多少，怎么制作和分发的？”

“我不知道。噢，对了，护照上必须有存钱那个国家的签证。还要有入境章。”

“**入境章**？”

“对。我猜那些护照从没在海关用过，只在银行查验身份的时候用一下。间谍肯定是用他自己的护照旅行的，合法进入银行所在国家，然后用假护照在银行取钱。这是我的猜测。”

“以前由驻地人员完成支付，后来要派人从伦敦过去，你知道为什么吗？”

“我知道原因。我问过金融处的‘星期四’和‘星期五’。老大担心——”

“**老大**？你是说，老大本人亲自负责这件事？”

“是的，是他负责。他担心驻地人员在银行被人认出来。所以他要派一名邮递员：就是我。”

“你是什么时候去的？”

“哥本哈根是6月15日。当天晚上就飞回来了。赫尔辛基是9月底。我住了两个晚上，飞回来大概是28日。我在赫尔辛基倒找了点乐子。”他笑了笑，但彼得斯对此视而不见。

“其他的支付呢——都在什么时间？”

“那我记不住了。抱歉。”

“其中一次肯定在奥斯陆？”

“对，在奥斯陆。”

“头两次支付，中间隔了多长时间，我是说驻地人员完成的支付？”

“我不知道。时间不长吧，我想。一个月吧。也许多一点儿。”

“根据你的印象，第一次支付完成以前，间谍是不是已经活动一段时间了？文件上能看出来吗？”

“不知道。文件上只有实际支付情况。从59年初第一批开始。没有其他信息。这是仅获得部分授权的部门的工作原则。同一案子拆分成不同文件进行处理。拥有总文件的人，才能把各个部分拼起来。”

彼得斯一直在写。利马斯认为，房间里什么地方可能藏有录音机，但随后转成文字需要时间。彼得斯现在写下来的东西，经过整理总结，将成为今晚发往莫斯科的电报。与此同时，海牙的苏联使馆内，姑娘们会整晚工作，每小时为一班，将文字稿逐字逐句用电报发送出去。

“告诉我，”彼得斯说，“这都是大额资金。支付方式复杂，而且成本很高。你自己怎么看？”

利马斯耸耸肩膀。

“我怎么看？我想老大肯定有个有价值的情报源，但我没看过材料，所以也不知道。我不喜欢这种做事方式——太重视、太复杂、太聪明了。为什么不见面，直接给现金呢？他们真的会让他拿着自己的护照过境，口袋里还揣本假护照吗？我表示怀疑。”利马斯说。现在是时候把水搅浑了，让他到水里去捞月亮吧。

“这话是什么意思？”

“我是说，就我所知，那钱根本没从银行取走。假如他是铁幕另一边的高级间谍——那笔钱就存在账上，等着他能取的时候来取。反正我是这么猜的。我也没去想那么多。想它干吗？我们的工作，就是只需要知道一鳞半爪的情况，不需要知道整个行动。你也知道。如果你想弄清楚，那祝你好运吧。”

“如果像你说的那样，钱没有取，那又花那个功夫搞护照干什么？”

“在柏林的时候，我们为卡尔·里梅克做了安排，以免他临时需要跑路，又没法联系我们。我们为他准备了一份假的西德护照，放在杜塞尔多夫一个地方。他任何时候都可以按照预先安排的程序去拿。护照也不会过期——特别旅行处的人在护照签证过期之前都会更新。老大对这个人，也许采用了相同的方法。我不知道，只是猜测。”

“你怎么确定护照肯定发出去了呢？”

“文件上有金融处和特别旅行处的备忘录。特别旅行处负责假身份证件和签证。”

“我明白了。”彼得斯想了一会儿，然后问：“你在哥本哈根和赫尔辛基用的是什么名字？”

“罗伯特·兰恩，来自德比的电气工程师。那是哥本哈根用的。”

“你在哥本哈根的准确时间是什么时候？”彼得斯问。

“我跟你说过，6 月 15 日。我是上午到的，十一点半左右。”

“用的是哪家银行？”

“噢，天哪，彼得斯，”利马斯突然生气了，“皇家斯堪的纳维亚。你都已经写下来过了。”

“我只是想确认，”对方平静地回答，一边继续写着，“赫尔辛基呢，用了什么名字？”

“史蒂芬·本尼特，来自普利茅斯的轮机工程师。去的时间，”他语带讥讽地补充道，“是 9 月底。”

“到达当天就去了银行？”

“是的。是 24 或者 25 号，我不确定，之前告诉过你。”

“钱是从英国带过去的吗？”

“当然不是。我们每次都只是转到驻地人员的账户上。驻地人员把钱取出来，放到行李箱里，在机场等我，然后我拿着行李箱到银行去。”

“哥本哈根的驻地人员是谁？”

“彼得·詹森，在大学里开书店的。”

“间谍会用什么名字？”

“哥本哈根的是霍斯特·卡尔斯多夫。我想是这个名字吧——对了，我想起来了，是这个名字。卡尔斯多夫，我一直都想说成卡尔斯霍斯特。”

“身份？”

“经理，来自奥地利克拉根福。”

“另外那个呢？赫尔辛基的名字？”

“费希特曼，阿道夫·费希特曼，来自瑞士的圣加仑。他还有个头衔——对了，没错，是博士，费希特曼博士，档案员。”

“我知道了。两个人都说德语。”

“对，我也注意到了。但不会是德国人。”

“为什么？”

“我以前是柏林的头儿，不是吗？是德国人的话，我应该知道。东德的高级间谍，肯定要受柏林的操控。那我就会知道。”利马斯站起身，走到柜子前，给自己倒了点威士忌。他没去管彼得斯。

“你自己说过，这件事特别小心，有特别的程序。也许他们认为你没必要知道。”

“别胡说了，”利马斯气呼呼地反驳道，“我肯定会知道。”这样做能让对方觉得自己明察秋毫，没有轻信，从而让他其余的信息更加可信，所以无论什么情况下，他都要坚持这一点。“他们想要做出跟你不一样的推断，”老大曾经说过，“我们要给他们提供材料，同时对他们的结论表示怀疑。依靠他们的智力和自负，依靠他们的相互猜疑——这就是我们该做的。”

彼得斯点点头，好像确认了一个令人不快的真相。“你是个很自负的人，利马斯。”他又一次说道。

彼得斯随后便离开了。他祝利马斯这一天过得愉快，然后便沿着海边的路走了。到了午餐时间。

-10-

第三天

彼得斯当天下午没来，第二天上午也没来。利马斯待在房子里，越来越烦躁地等着消息，但什么消息也没有。他问打理房子的那个女人，但她只是微笑，耸耸那肥厚的肩膀。第二天上午大约十一点，他决定沿海边走一走。他买了些香烟，然后呆呆地望着大海。

海滩上站着个女孩，扔面包给海鸥吃。她背对着他。海风拨弄着她黑色的长头发，吹着她的外套，使得她的身体向后仰成弧形，像一把瞄准大海的弓。那一刻，他明白了丽兹给了他什么东西，他只要能回到英格兰就必须回去找的东西：那就是对小事情的关心，对普通生活的信念。一种单纯，让你愿意把面包掰成小块装进纸袋里，走到海滩上，扔给海鸥吃。这种对琐事的尊重，他此前一直不曾拥有。喂海鸥的面包也好，爱也好，无论是什么，他都要回去找。他还要让丽兹帮他找。一个星期，也许两个星期，他就能回国。老大说，他们付多少，他都可以留着——那就够了。有了一万五千英镑，加上圆场的退役补贴和养老金，用老大的话说，就可以金盆洗手了。

他兜了一圈，十一点三刻回到了那幢小房子。那个女人让他进了屋，一句话也没说。他进了后面的房间，听见她拿起听筒，拨了个号码。她只说了几秒钟的话。十二点半，她送来午餐，让他高兴的是，还送来了几份英语报纸，他高兴地一直读到三点钟。利马斯一般不阅读，所以读报纸很慢、很认真。他记着细节，比如次要新闻中那些人的名字和地址。他的记忆几乎是无意识的，像是他个人独有的佩尔曼记忆训练法[1]，这就让他非常专注。

三点钟，彼得斯来了，利马斯一看见他，就知道有事情。他们没在桌边坐下，彼得斯也没有脱风衣。

“我有个坏消息要告诉你，”他说，“英国的人在找你。我今天上午听说的。他们在监视各个口岸。”

利马斯冷漠地回答：“什么罪名？”

1　二十世纪初英国一种流行的记忆训练方法，由威廉·约瑟夫·恩奈弗（William Joseph Ennever，1869—1947）发明，因由伦敦佩尔曼学院施行而得名。

“名义上是出狱之后未在法定时间内向警方报到。”

“实际上呢？”

“有人说你因涉嫌违反《官方保密法》而被通缉。你的照片登在伦敦所有晚报上。文字说明语焉不详。”

利马斯站在那儿，一动不动。

是老大干的。是老大让他们大喊大叫的。没有别的解释。如果艾什或基弗被抓了，并且也交待了——就算是这样，大喊大叫的责任也该老大承担。“几个星期，”他说过，“我想他们会把你带走，到什么地方去接受盘问——甚至还会去国外。不过，几个星期你就熬过去了。然后呢，就让事态发展。你要在这儿躲着，等硝烟慢慢散尽，但这一点你不会介意的，我相信。我已经同意为你提供行动期间的生活所需，直到蒙特被干掉。这看来是最公平的。”

现在却来了这一手。

事先可不是这么说的。这是另外一回事。那他现在该怎么办呢？他要是现在撤出去，不跟彼得斯走，就破坏了行动。也有可能彼得斯在撒谎，这是考验他——那就更应该同意跟他走了。然而，如果他去了，如果他同意到东边去，波兰、捷克斯洛伐克或者天知道什么地方，他们好像也没什么理由再放他回来——他好像也没什么理由想要回来，因为他在西方已经是个臭名昭著的通缉犯了。

这就是老大干的——他敢肯定。当时的条件太慷慨了，他从一开始就知道。他们不可能那样白白撒钱——除非他们认为，你有丢掉性命的可能。那种钱就是一点甜头，引诱你去承受老大不愿意公开承认的痛苦和危险。那种钱就是个危险信号，但利马斯当时没注意到。

“该死，”他低声说，“他们怎么会发现？”他似乎突然想起了什么，说道，“对了，你的朋友艾什可能跟他们说了，或者基弗……”

“有可能。”彼得斯回答。“我们都知道，这种事情总是有可能的。我们的工作，没有百分百的事情。事实是，”他有些不耐烦地补充道，“这时候西欧所有国家都在找你。”

利马斯好像没听见彼得斯的话一样。“我现在上了你的钩了，是不是啊，彼得斯？”他说，“你的人肯定肚子都笑疼了。难道是他们亲自去报的信？”

“你过高估计了自己的重要性。”彼得斯没好气地说。

“那你为什么要跟踪我，你说啊？我今天上午去散步。两个穿褐色衣服的家伙一直在海边跟着我，一前一后，隔着二十码。我一回来，打理房子的女人就立即给你打了电话。”

“我们还是谈谈我们知道的事情，”彼得斯说，“你的政府怎么发现了你，并不是我们现在特别关心的事。事实就是，他们发现了。”

“你把伦敦的晚报带来了吗？”

“当然没有。这里买不到。我们是收到了伦敦的电报。”

“撒谎。你心里清楚，你们的设备只能与总部交流。”

“这个案子，外站之间是允许直接交流的。”彼得斯生气地反驳。

“好吧，好吧，”利马斯冷笑道，“你肯定是个了不起的人物。难道”——他似乎想起了什么——“这事是总部直接管的？”

彼得斯没理会这个问题。

“你知道你还有个选择。你让我们来照顾你，让我们安排你安全离开，要么你自己照顾自己——那总有一天会被抓住。你没有证件，没有钱，什么也没有。你的英国护照还有十天就到期了。”

“还有第三种可能。给我一本瑞士护照和一些钱，让我跑路。我能照顾自己。”

“恐怕那不是最合适的选择。”

“那就是说，你们还要继续盘问。盘问结束前，我还不算废品？”

“差不多是这个立场。”

“等你们盘问结束，要拿我怎么办？”

彼得斯耸耸肩。“你的意思呢？”

“新身份。护照，也许是北欧的吧。还有钱。”

“这很不切实际，”彼得斯回答，“不过我会向上级提出来的。你跟我走吗？”利马斯犹豫了一下，然后有些不安地笑了笑，问道：

“如果我不跟你走，你会怎么办？我毕竟还有不少故事要讲，不是吗？”

“那种故事很难证实。我今晚就走了。艾什、基弗……”他耸耸肩膀，“他俩算什么？”

利马斯走到窗前。灰色的北海上空，一场暴风雨正在酝酿。他看着海鸥在乌黑的云中盘旋。那个女孩不见了。

“好吧，”最后他说道，“安排吧。”

“到东边去的航班，要到明天。一小时后有航班到柏林。我们坐这班。时间很紧张了。”

利马斯被动的角色，使得他当天晚上能再次欣赏彼得斯简练高效的安排。护照早就准备好了——总部肯定提前想到了。护照上的名字是亚历山大·斯威特，旅行代理人，上面盖满了签证章和出入境章——专业旅行代理人频繁使用的旧护照。荷兰机场的边检人员只是点点头，照例敲了个章——彼得斯在队伍后面，和他之间隔了三四个人，对那套例行公事毫不在意。

他们进入"候机乘客专区"后，利马斯看到了一个书报亭。里面陈列着各国报纸：《费加罗报》《世界报》《新苏黎世报》《环球报》，还有半打英国的日报和周报。就在他看的时候，一个女孩从报亭里走过来，将一份《伦敦晚旗报》塞到架子上。利马斯急忙走到书报亭前，从架子上拿下那份报纸。

"多少钱？"他问。他一只手伸进裤子口袋，这才突然想起来，自己没有荷兰货币。

"三十分。"女孩回答。她长得挺漂亮，肤色较黑，模样欢快。

"我只有两个英国的先令。那就是一荷兰盾。你要吗？"

"好的，谢谢。"她回答，利马斯便把那枚两先令的银币递了过去。他回过头，彼得斯还在查验护照，背对着利马斯。他毫不犹豫地径直走进了一间男厕所。他快速却全面地浏览完每页报纸，将报纸塞进一个垃圾桶，然后走出了厕所。是真的：有他的照片，下面有一小段含糊其辞的话。他想，不知道丽兹有没有看到。他若有所思地朝乘客休息室走去。十分钟后，他们登上了前往汉堡和柏林的飞机。自从这件事开始以来，利马斯第一次感到害怕。

-11-

亚历克的朋友们

同一天晚上，那些人拜访了丽兹。

丽兹·戈尔德的房间位于贝斯沃特的北部。里面有两张单人床，还有一个漂亮的燃气暖炉，是炭灰色的，发出具有现代感的嗞嗞声，而不是老式炉子那种咕噜声。利马斯在那儿的时候，她有时会盯着炉子看，因为那是房间里唯一的光亮。他则躺在床上，她的床上，离门较远的那一张。她会坐在他身边，吻他，或者用脸贴着他的脸，眼睛盯着炉子看。现在，她不敢过多地想他，因为那样她会忘记他的样子，所以她就让大脑只想他一会儿，就像目光扫过朦胧的地平线，然后她会回忆他说过或做过的什么小事情，他看她的某种样子，或者更多的是，他不理会她的某种样子。如果她的心思停留，那就有件糟糕的事情：她没有东西可用来记起他——没有照片，没有纪念品，什么也没有。连个共同的朋友也没有——只有图书馆的克雷尔小姐，她对他恨之入骨，但他突然离开，也算是报了仇。丽兹去过一次他的住处，见过房东。她也不知道为什么要去，但她还是鼓起勇气去了。房东对亚历克很有好感，说利马斯先生付了房租，自始至终都像绅士一样，后来欠了一两个星期的，利马斯先生的一位朋友来全部付清了，也不多问，干脆得很。他一直就说利马斯先生是位绅士，以后也会这么说。没上过公学，没错，不会装腔作势，却是真正的绅士。他偶尔看起来有些生气，酒当然喝得多了点儿，对他没好处，但回家的时候从来都不是醉醺醺的。到这儿来的那个小个子，戴着眼镜，一副害羞的好笑模样，他说利马斯先生特别交代，要把欠的房租全部结清。如果那不算绅士，房东说，他真不知道什么算绅士了。他的钱哪里来的，只有天知道，不过利马斯先生是个深沉的人，一点也没错。他对杂货店老板福特干的事，好多人从战争以来就一直想干。房间啊？对了，房间有人租啦——从朝鲜来的一位先生，他们把利马斯先生带走后两天就租啦。

她继续在图书馆工作，很可能就是这个原因——因为至少在那里，他仍然存在。梯子、架子、书籍、索引卡片，这些东西都是他熟悉的、碰过的，也许有一天他又会回到这些东西之中。他说他永远不会回来，但她不相信。就像说你以后再也好不了啦，谁相信那样的话呢。克雷尔小姐认为他会回来，她发现她还欠他一些钱——没领的工资——这个妖怪竟然做出不领工资这种不符合妖怪身份的事情，让她怒火中烧。利马斯走了以后，丽兹一直不停地问自己同一个问题：他为什么要打福特先生？她知道他脾气很差，但那是另外一回事。他发烧痊愈之后，就立即要去做这件事，从一开始就打算好了。否则头天晚上他为什么要跟她说再见？他知道第二天他要打福特先生。她拒绝接受另外一种可能的解释：他已经厌倦了她，说了再见，第二天他还在分手的情绪压力之下，于是对福特先生发了脾气，打了他。她知道，她从一开始就知道，亚历克有什么事情要做。他甚至亲口告诉过她。到底是什么事，她只能猜。

一开始，她以为他和福特先生有过节，多年以前的深仇大恨。关于某个女孩，或者亚历克的家人。但是，你只要看一眼福特先生，就知道这个说法多么荒谬。他是典型的小资产阶级，谨慎、小气、自鸣得意。而且，就算亚历克和福特先生有旧仇，为什么星期六到店里去找他呢？难道是因为周末中午是购物高峰，大家都能看到？

在党支部会议上，大家讨论过这件事。实际上，事情发生时，支部会计乔治·汉比正从店门口经过，人太多，他没看清楚，但他和一个目睹了全过程的家伙聊过。汉比大为触动，于是给《工人报》打了电话，他们派人去了庭审现场——所以《工人报》后来才在中间跨页上做了报道。这是个社会抗争的案子——当事人突然有了社会意识，仇恨老板阶级，《工人报》如是说。和汉比聊天的是个戴着眼镜的普通白领，他说事情发生得非常突然——他的意思是完全自发——这再次向汉比证明，资本主义制度下面埋着火药桶。汉比说话时，丽兹默不作声。当然，他们都不知道她和利马斯的事情。那一刻她发现，她憎恨乔治·汉比，他是个夸夸其谈、心灵肮脏的小人，总是色眯眯地看着她，还动手动脚的。

后来，那些人就来了。

她觉得他们不像是警察，太讲究了。他们开一辆黑色小车，上面还有根天线。其中一位身材矮小，有点胖。他戴着眼镜，穿着奇怪而昂贵的衣服。他是个模样和蔼、有些焦虑的人，丽兹没来由地信任他，她也不知道为什么。另一位更加光鲜，但算不上气派——倒有些男孩子气，虽然她猜他至少四十岁。他们自称是特别部门的人，还有印刷的证件，上面贴着有玻璃纸保护膜的照片。说话的主要是胖的那一位。

“我相信你和亚历克·利马斯是朋友。”他开口说道。她是准备发火的，但胖男人那么诚恳，发火会显得很傻。

“是的，”丽兹回答，“你怎么知道？”

“我们是有一天无意中发现的。你要是去……去监狱，就得有亲属。利马斯说他没有。那实际上是谎话。他们问他，万一在监狱里发生什么事，他们应该通知谁呢？他说通知你。”

“我明白了。”

“还有别人知道你们俩是朋友吗？”

“没有。”

“你去看庭审了吗？”

“没有。”

“没有媒体的人来过，或者要债的，没有任何人？”

“没有，我刚说了。别人都不知道。包括我父母，谁也不知道。当然，我们都在图书馆工作——灵异研究图书馆——只有图书管理员克雷尔小姐会知道。但我觉得，她根本不会想到我们俩之间能有什么事，”说完，丽兹又补充道，“她是个怪人。”

这位身材矮小的男人非常严肃地盯着她看了一会儿，然后问道：

“利马斯打福特先生，你觉得意外吗？”

“当然觉得意外啊。”

“你认为他为什么要那么做呢？”

“我不知道。我想是因为福特先生不给他赊账吧。不过我觉得他一直想那么干。”她想自己是不是说得太多了，但她又渴望跟别人说说这件事。她特别孤独，说说看来又没什么坏处。

“但那天晚上，事情发生前的那个晚上，我们在一起说话。我们吃了晚饭，有点特别的晚饭。亚历克说我们应该一起吃，我知道那是我们在一起的最后一个晚上了。他从哪里搞了瓶红酒。我不是很喜欢。大部分都是亚历克喝了。然后我问他，‘这是再见了吗’——是不是都结束了？”

“他说什么？”

“他说，他要去办件事。我其实没太听懂，不明白。”

他们沉默了很长时间，小个子男人看起来更焦虑了。最后他问她：

“你相信那些话吗？”

“我不知道。”她突然替亚历克害怕起来，她也不知道为什么。那人又问：“利马斯结过婚，有两个孩子，他跟你说过吗？”丽兹没说话。“尽管如此，他却把你当作亲属。你觉得他为什么这么做呢？”小个子男人似乎被自己这个问题搞得不好意思，低头看着自己的双手。他的手指又粗又短，两手互握着放在怀里。丽兹脸红了。

“我爱上了他。”她回答。

“他爱上了你吗？”

“也许吧。我不知道。”

“你现在还爱着他吗？”

“嗯。”

“他有没有说会回来？”年轻一点的那个男人问。

“没。”

“但他确实跟你说过再见？”另一位紧接着问。

“他跟你说过再见吗？”小个子男人缓慢而和善地重复着他的问题，“他不会再有事了，我保证。但我们要帮助他，如果你知道他为什么打福特，哪怕只有一点点头绪，他说的什么话，也许是随口说的，或者他做的什么事，为了亚历克，你一定要告诉我们。”

丽兹摇摇头。

“请你们走吧，”她说，“请不要再问问题了。请你们现在就走。”

到了门口，年纪大一点的男人犹豫了一下，然后从钱包里掏出一张卡片，放在桌子上，小心翼翼地，好像那卡片会发出噪音一样。丽兹觉得他是个非常腼腆的人。

“如果你需要帮助——如果有关于利马斯的什么事情，或者……给我打电话，”他说，“你明白了吗？”

“你是谁？”

“我是亚历克·利马斯的朋友。”他犹豫了一下。“还有一件事，”他又说，“最后一个问题。亚历克知道你……亚历克知道你是党员吗？”

“知道，”她近乎绝望地回答，“我跟他说过。”

“党知道你和亚历克的事吗？”

“我刚才说过。没人知道，”这时，她脸色发白，突然喊了出来，“他在哪儿？告诉我他在哪儿。你们为什么不告诉我他在哪儿？我可以帮他，你们不明白吗，我可以照顾他……就算他疯了，我不在乎，我发誓我不在乎……我给他往监狱里写过信。我不应该写的，我知道。我就说，他随时都可以回来。我会一直等他……”她再也说不下去了，只是不停地啜泣，就那样站在房间的中央，用双手捂着那张痛苦的脸，小个子男人在一旁看着。

“他出国了，”他轻声说道，“我们不清楚他在哪里。他没有疯，但他不能跟你说那些事情。那是不应该的。”

年轻一点的男人说：

“我们会保证你得到照顾。钱啊，诸如此类的事情。”

“你们是谁？”丽兹又问。

“亚历克的朋友，”年轻人回答，接着又重复了一遍，“好朋友。”

她听着他们轻轻走下楼梯，到了街上。她在窗前看着他们上了那辆黑色小车，朝公园的方向开去了。

这时她想起了那张卡片。她走到桌前，拿起卡片，对着灯光看。卡片制作得很昂贵，警察是没这个钱的，她想。名片是刻印的，名字前面没有职位，也没有所属警察局等信息。就是个名字，后面加上“先生”——而且，谁听说有哪个警察住在切尔西呢？

“乔治·史迈利先生。切尔西拜沃特街9号。”下面是电话号码。

这事真奇怪。

-12-

东　方

利马斯解开座椅上的安全带。

据说被判处死刑的人会经历极乐的时刻，就像火中的飞蛾，它们的毁灭也是它们的成就。利马斯做出决定之后，便意识到自己有种类似的感觉：一种轻松感，让他感到安慰，但那时间很短，随即便是恐惧和饥饿。

他反应慢下来了。老大说得对。

最早意识到这一点，是在去年初里梅克的案子期间。当时卡尔送来一条消息：他有特殊的东西要给他，所以要到西德去。他是很少去西德的。到卡尔斯鲁厄参加什么法律会议。利马斯想办法飞到了科隆，在机场找了辆车。那还是一大早，他本来想到卡尔斯鲁厄的高速公路上车会少一些，结果发现，重型货车都已经上路了。为了赶时间，他在车流中冒险穿梭，半小时跑了七十公里，这时一辆小车，可能是菲亚特，慢慢挤上快车道，到了他前方四十码的地方。利马斯踩住刹车，把大灯全部打开，按住喇叭，谢天谢地，千钧一发之际总算避开了。超过去的时候，他眼角余光看到那辆车后面坐着四个孩子，一边挥手一边大笑，他们的父亲在驾驶座上一脸惊愕。他一边骂一边继续开。突然，糟糕的情况发生了，他的双手突然急躁地抖动起来，脸上热辣辣的，心脏猛烈地跳着。他总算将车开到了路边的紧急停车带，从车里爬出来，站在那儿喘着粗气，瞪大眼睛看着巨大的货车呼啸而过。他似乎看到那辆小车卡在货车之间，被撞得粉碎，什么都没了，只剩下喇叭在疯狂地嘶吼，蓝色的车灯在闪烁。还有孩子们被撕碎的身体，像那条沙丘公路上被屠杀的难民。

接下来他一直开得很慢，错过了与卡尔的会面。

从此以后，他只要开车，记忆的某个角落里就会浮现出那几个头发蓬乱的孩子，在汽车后座上向他挥手，他们的父亲死死抓着方向盘，像农民抓着手扶犁的把手。

老大要是知道，会说那是发烧。

他闷闷地坐在飞机中部的座位上。邻座有位美国姑娘，穿着高跟鞋和人造革包臀裤。他想到让她给柏林的人带个信，但立即打消了这个念头。她会认为他对她有想法，彼得斯也会看到。而且，那能有什么用处呢？老大知道发生了什么。这一切之所以发生，正是因为他。还有什么好说的。

他不知道自己接下来会怎么样。老大没谈到这件事——他只谈技巧：

“不要一次全给他们，让他们使点儿劲。用细节干扰他们，中间省掉一些东西，再回到原来的路上。要生气，要烦躁，要不高兴。使劲喝酒。不要在意识形态上妥协，他们不会相信的。他们想要对付的，是一个被金钱收买的人。他们要的是对立的冲突，亚历克，不是什么半生不熟的皈依者。最主要的是，他们想要自己**推理**。基础工作都做好了，我们很久以前就做了，一些小事情，难以发现的线索。你是夺宝行动中的最后一环。”

他只能同意去干，如果前期的小战役都为你打好了，最后的决战你怎么能退出呢？

“有件事我可以向你保证：这次行动绝对值得。为了我们的‘特别关注’，绝对值啊，亚历克。你活下来，我们就赢得了一场伟大的胜利。”

他不认为自己能忍受折磨。他记得读过阿瑟·库斯勒[1]的一本书，书里有位老革命家，为了让自己适应折磨，用火柴烧自己的手指头。他读的书不多，但那本他读了，现在还记得。

飞机在滕佩尔霍夫机场降落时，天快黑了。利马斯看着柏林的灯光慢慢升起，欢迎他们。他感觉到飞机砰的一声触了地，看见海关和移民官员们从暗淡的光线中走了过来。

有一刻，利马斯担心在机场会碰到以前的熟人，把他认出来。他和彼得斯并肩而行，走过无穷无尽的通道，经过敷衍了事的海关和移民检查口，仍然没有熟悉的面孔走上来欢迎他。他意识到，这担心其实是渴望，渴望他默认继续执行的行动计划会因为什么特殊情况而取消。

他注意到，彼得斯似乎不再急于看住他，好像在他眼里，西柏林是安全地带，警戒和安全措施想放松就放松，不过是去东方的一个技术性中转站。

他们穿过宽阔的接待大厅，朝主出口走去，这时彼得斯好像临时改了主意，突然改变方向，领着利马斯走向侧面一个小出口，那边是停车场和出租车停靠点。彼得斯站在门口那盏灯

1　阿瑟·库斯勒（Arthur Koestler，1905—1983），英籍匈牙利作家、记者，代表作为《正午的黑暗》。

的下方，犹豫了一下，然后把行李箱放在地上，认真地从胳膊下面抽出报纸，叠起来，塞进防雨风衣左边的口袋里，然后又提起行李箱。停车场方向立即亮起了汽车的大灯，接着远光调为近光，然后熄灭了。

"走吧。"他开始快速走过柏油地面，利马斯步伐稍慢，在后面跟着。他们走近第一排汽车时，一辆黑色奔驰的后门被人从里面推开，奔驰的迎宾灯亮了。彼得斯在利马斯前面十码，只见他快步走到车旁，和司机低声说了句话，然后喊利马斯过去。

"就是这辆车。快。"

这是辆旧的奔驰 180。他默默上了车，坐在后排，彼得斯坐在他边上。车子开出去的时候，经过了一辆德国小奇迹牌汽车，前排坐着两个人。路前方二十码的地方有个电话亭。里面有个人，一边看着他们离开，一边不停地冲着听筒讲话。利马斯朝后窗外面望了一眼，那辆小奇迹在后面跟着。隆重的接待仪式啊，他心里想。

他们开得很慢。利马斯双手放在膝盖上，眼睛直视前方。他不想晚上看到柏林。这是他最后的机会，他知道。从他现在所坐的位置，他可以用右手的掌缘去切彼得斯的脖子，击碎他的喉结。然后他可以打开车门，一边跑一边躲避后面那辆车上射来的子弹。他会获得自由——柏林有人会照顾他——他能逃掉。

然而，他什么也没做。

过境非常轻松。利马斯从没想过，过边境线竟然会如此轻松。大约有十分钟，车子开得都比较慢，利马斯猜，他们是在等待约定好的时间。接近西德检查站时，小奇迹赶上来，马力全开的引擎发出招摇的轰鸣声，迅速超到前面，然后在岗亭边停了下来。奔驰在后方三十码的地方等着。两分钟后，那根红白相间的路障杆抬起来，让小奇迹通过。在此过程中，两辆车一起开了过去，奔驰车引擎咆哮，从二挡起步，驾驶员双手抓着方向盘，胳膊都伸直了，后背紧紧抵在座椅上。

他们驶过两个检查站之间那五十码的距离时，利马斯隐约察觉到柏林墙东边的部分新近加固了——龙牙桩、瞭望塔、双层铁丝网。局势更紧张了。

奔驰车没在第二个检查站停留，横杆早已抬起，他们直接开了过去，东德警察只是拿双筒望远镜看着。小奇迹已经消失，利马斯十分钟之后才又看到那辆车，跟在奔驰后面。现在他们开得很快——利马斯本来以为他们会在东柏林停下来，也许会更换车辆，庆祝本次行动圆满成功，但他们直接穿过了东柏林，继续向东驶去。

“我们去哪儿？”他问彼得斯。

“我们到地方了。德意志民主共和国。他们已经为你安排好了住处。”

“我以为要继续往东方去。”

“是往东方去啊。但我们要先在这儿待一两天。我们想，德国人应该先跟你谈谈。”

“明白了。”

“毕竟，你大部分工作是在德国这边。我把你陈述的细节都发给了他们。”

“所以他们要见我？”

“他们从没遇到过你这种资源，从来没有……离情报源那么近。我的人也同意，他们应该有见你的机会。”

“那以后呢？到了德国之后，我们下一步到哪里？”

“继续往东。”

“德国这边我要和谁见面？”

“有什么区别吗？”

“没区别。总局大多数人，我都知道名字，仅此而已。就是好奇吧。”

“你觉得会见到谁？”

“菲德勒，”利马斯立即回答，“安全处副处长。蒙特的人。重要的审讯，都是他干的。他是个王八蛋。”

“为什么？”

“一个野蛮的小王八蛋。我听说过他的事。他抓了彼得·吉勒姆的一名间谍，差点把人家弄死了。”

“间谍活动不是打板球。”彼得斯没好气地说。随后，两人都默默地坐着。看来就是菲德勒了，利马斯心想。

利马斯很了解菲德勒。档案里有他的照片，以前的手下也谈起过他。他是个身材修长、模样整洁的人，年纪很轻，脸上干干净净的。黑色的头发，明亮有神的棕色眼睛，聪明而凶狠，正如利马斯所说。他身体敏捷灵活，大脑耐心细致、涓滴不漏。这个人看起来似乎没有个人野心，但摧毁别人绝不留情。菲德勒是总局里的另类——他不参与各种阴谋，待在蒙特的阴影之下，没有升迁的希望，他似乎也很满足。你没法给他贴上这个派别那个派别的标签，就连总局里与他一起共事的人，也说不清楚他在复杂的权力关系中站在什么位置。菲德勒是匹孤狼，别人害怕他、讨厌他、不信任他。无论他有什么样的动机，都隐藏在毫不留情的嘲讽之下。

“我们只能押菲德勒了。”老大说过。他和他那位眼珠滴溜乱转的妻子，住在萨里一幢阴郁的小房子里，像七个小矮人住的那种屋子。当时，他们几个在那儿吃晚饭——利马斯、老大和彼得·吉勒姆——四周围着很多张铜皮桌面的印度雕花桌子。“菲德勒就是牧师助手，总有一天要在牧师背后捅一刀。也只有他才是蒙特的对手”——这时吉勒姆点了点头——“而且对蒙特恨之入骨。菲德勒当然是犹太人，蒙特恰恰相反。两人完全搞不到一起去。一直以来，我们的工作，”他说的是吉勒姆和他自己，“就是为菲德勒提供摧毁蒙特的武器。亲爱的利马斯，现在你的工作呢，就是鼓励他使用这些武器。当然是间接鼓励，因为你不会与他见面的。我当然希望，你最好不要见到他。”

听到这话，他们都笑了，包括吉勒姆。当时那似乎是个不错的笑话，至少按照老大的标准来看是个笑话。

肯定过了午夜。

他们在一条土路上开了一段时间，先穿过一片树林，后面是开阔的原野。现在他们停了车，不一会儿工夫，小奇迹也从后面上来了。和彼得斯一起下车时，利马斯注意到，第二辆车里现在有三个人，其中两个正从车里出来，第三个坐在后座，借着车顶上的灯阅读材料，瘦削的身形半隐在黑暗之中。

停车的地方，似乎是几间废弃不用的马厩。后面三十码的地方有一幢房子。借着汽车的大灯，利马斯瞥见一幢低矮的农舍，墙是木头和刷成白色的砖块。他们下了车。月亮已经升起来，灰色的夜空下有几座树木茂密的小山，在明亮的月光下显得轮廓分明。他们朝农舍走去，彼得斯和利马斯在前面，另外两个人在后面。第二辆车上的那个人没有动，仍然坐在车上阅读。

彼得斯在门口停了下来，等另外那两个人赶上来。其中一位左手拿着一串钥匙，他在找钥匙的时候，另外那位站在一旁，双手插在口袋里，为他做掩护。

“他们这么小心啊，”利马斯对彼得斯说，“他们把我想成什么人呢？”

“他们只要做事，不需要想，”彼得斯回答，接着他转头用德语对其中一人说，“他来吗？”

那位德国人耸耸肩膀，回头望了一眼汽车。

“他会来的，”他说，“他喜欢一个人来。”

那人领着大家进了屋子。屋子半新半旧，像是打猎时用的。屋顶有灯，但光线很差。整个地方有种废弃的、发霉的味道，好像今天是第一次打开一样。屋子里散落着一些官方的痕迹：一则通知上写着起火时的应急措施；门上刷着官方机构常用的绿漆，挂着弹簧锁；客厅布置得很舒适，有陈旧而厚重的黑色家具，当然还挂着苏联领导人的照片。在利马斯看来，屋子里的这些特点表明总局无意中显示出了它的官僚作风。圆场也有，所以他很熟悉。

彼得斯坐下来，利马斯也跟着坐了。有十分钟，也许更久，他们就等着，那两个人尴尬地站在房间另一头。最后，彼得斯对其中一个说："去跟他说我们在等呢。给我们找点吃的，我们饿了。"那人朝门口走去，彼得斯又喊道："还有威士忌——让他们送威士忌和杯子来。"那人壮实的肩膀不以为然地耸了耸，出去了，身后的门就开着。

"你以前来过这儿吗？"利马斯问。

"来过，"彼得斯回答，"有几次。"

"来干什么？"

"这种事呗。不完全一样，但都是我们这种工作。"

"和菲德勒一起？"

“是的。”

“他厉害吗？”

彼得斯耸耸肩膀。“对犹太人来说，还不差。”他回答。听见房间另一头有动静，利马斯转过脸，看见菲德勒正站在门口。他一只手里拿着一瓶威士忌，另一只手里拿着矿泉水和杯子。他身高不可能超过五英尺六英寸，穿一件深蓝色单排扣外套，下摆长了点儿。他看起来很帅气，略微带点儿野性，褐色的眼睛明亮有神。他没看他们，而是看着门口的那位卫兵。

“去吧。”他说。他略微带点儿萨克森州的鼻音。“去吧，让另外那个给我们送点吃的。”

“我已经跟他说过了，”彼得斯喊道，“他们已经知道啦。但他们什么也没送来。”

“他们是势利眼，”菲德勒用英语冷冷地说，“他们认为，我们吃饭的事应该让用人做。”

菲德勒战争期间在加拿大待过。利马斯察觉了他的口音，便想起来了。他父母是德国犹太难民，都是马克思主义者，全家到 1946 年才回国。当时他们不惜个人代价，一心要参与建设斯大林治下的德国。

“你好，”他几乎是漫不经心地对利马斯说，“很高兴见到你。”

“你好，菲德勒。”

“你不用再在路上跑了。”

“你这是什么意思？”利马斯立即问道。

“我的意思是，彼得斯告诉你的不算数，你不会再到东方去。抱歉。”听起来他好像觉得这很可笑。

利马斯转脸看着彼得斯。

“这是真的吗？”他的声音因为愤怒而颤抖，“是真的吗？你告诉我！”

彼得斯点点头。“是真的。我是中间人。我们只能这么做。我很抱歉。”他补充道。

“为什么？”

“不可抗力，”菲德勒接过话头，“你第一次审讯是在西方，我们需要的那种关系，只有大使馆才能提供。德意志民主共和国在西方没有大使馆。目前还没有。因此我们的联络部门做了安排，让我们能使用目前我们还没有的那些设施、通信渠道和豁免权利。”

“你这个混蛋，”利马斯愤怒地说道，“你个该死的混蛋！你知道我不会相信你们该死的情报部门，这就是原因，是不是啊？所以你才雇了个俄国人。”

“我们用了海牙的苏联大使馆。还能怎么办呢？这本来就是我们的行动。这样做完全合理。我们不可能提前知道，你自己的英国同胞那么快就要抓你，谁也不会想到。”

“不会吗？难道不是你让他们来抓我的吗？真实情况是不是这样，菲德勒？你说，是不是？”永远记住，要讨厌他们，老大曾经说过。这样他们才会重视从你身上得到的情报。

“这是非常荒谬的想法。”菲德勒简短地回答。他朝彼得斯瞥了一眼，说了句俄语。彼得斯点点头，站起身来。

“再见了，”他对利马斯说，“祝你好运。”

他疲惫地笑了笑，冲菲德勒点点头，然后朝门口走去。他一只手握住了门把手，又转过脸冲着利马斯大声说：

“祝你好运。”他似乎在等着利马斯说点什么，但利马斯对他的话充耳不闻。他脸色惨白，双手略微抬起放在身前，大拇指朝上，似乎随时准备打架。彼得斯仍然站在门口。

“我早该知道，”利马斯说，声音因为愤怒而变了调，“我早该猜到，菲德勒，你就没这个胆子去干你自己的脏活。你们这个该死的破烂国家，你们这个该死的垃圾情报系统，就是这样，让老大哥给你们拉皮条。你们都谈不上是个国家，谈不上是个政府，你们就是一帮政治神经病搞的一个五流的独裁集团。”他突然用手指着菲德勒的方向，喊了起来。

“我认识你，你这个杂碎虐待狂。你就是这么做事的。打仗的时候你在加拿大，是不是啊？那时候躲到那里去，真是好地方啊，是不是啊？我敢打赌，每次飞机从头顶飞过，你就一头扎进妈妈的围裙里。现在你又是什么玩意儿呢？蒙特屁股后面一个小跟屁虫，你妈妈家门口守着二十二个俄国师。好吧，我可怜你，菲德勒，总有一天你一觉醒来，发现他们全走啦。到那时候会有人收拾你的，你妈妈、你家老大哥，谁也救不了你，你就活该。”

菲德勒耸了耸肩膀。

“把这当作去看牙医吧，利马斯。早结束，你就能早回家。吃点东西，然后去睡觉吧。”

“你心里很清楚，我回不了家了，”利马斯反驳道，“都是你干的好事。你跑到英国大喊大叫，全英国都知道我了，肯定是你们俩干的。你心里很清楚，要不是逼得没办法，我是不可能到这儿来的。”

弗雷德看着他瘦长而有力的手指。

“这不是我来讲大道理的时候，”他说，“不过你其实也没什么可抱怨的，你也知道。我们的工作——你的、我的——都有一个基本前提，那就是整体比个体更加重要。所以一名共产主义者才会将他的间谍活动当作他手臂的自然延伸，所以你们国家的情报工作才会云遮雾罩，用堂而皇之的屁话加以掩盖。对个体的利用，唯一的正当理由就是集体需求，不是吗？你竟然这么愤怒，让我觉得有些荒唐。我们到这儿来，不是为了遵守英国乡村生活的道德规范。毕竟，”他又轻声补充道，“从完美主义的角度看，你自己的行为也并非无可指摘。”

利马斯看着菲德勒，脸上露出憎恶的表情。

“我知道你干的事情。你就是蒙特的狗，是不是？他们说你要他的位子。看来现在你能得到了。蒙特王朝该结束了。也许这次行动就能一锤定音。”

“我没听明白。”菲德勒回答。

“我给你立了大功，不是吗？”利马斯讥笑道。

菲德勒似乎在思考，过了一会儿，他耸耸肩膀，说道：“这次行动成功了。你值不值得，目前还不能确定。我们走着瞧。但这次行动是成功的，符合我们这个职业的唯一要求：有结果。”

“看来功劳得归你吧？”利马斯不依不饶，眼睛朝彼得斯的方向瞥了一眼。

“没有功劳这回事，”菲德勒干脆地回答，“根本没有。”他在沙发的扶手上坐下来，若有所思地看了利马斯一会儿，然后又说：

“不过，有件事情你很生气倒是对的。你在我们手上，可你的同胞们是怎么知道这个消息的呢？我们没说。你也许不相信我，但这是真的。我们没告诉他们。我们甚至不想告诉他们。当时我们想过，让你以后给我们做事——现在我发现，这个想法是荒唐的。所以是谁告诉他们的呢？你不知道该干什么，到处流浪，你没有地址，没有联系人，没有朋友。那他们是怎么知道你不见了呢？有人告诉他们了——不可能是艾什或基弗，因为那两人现在都被捕了。”

“被捕了？”

“好像是的。倒不是因为你这件事情，而是有别的事情……”

“好吧，好吧。”

“我刚才说的，都是真的。本来让彼得斯从荷兰发报告，我们也就满意了。你可以拿着钱走人。但你有些话没跟我们说，而我要知道所有的事情。毕竟，把你带到这儿来，也会给我们带来一些问题，你知道的。”

“好吧，那你犯了个错误。我他妈的什么事情都知道——有种你来拿呀。”

大家沉默了。这时彼得斯冲着菲德勒的方向突然并不友好地点了点头，然后悄悄地离开了房间。

菲德勒拿起那瓶威士忌，往两个杯子里都倒了一点儿。

“很遗憾，我们没有苏打水，”他说，“你要加水吗？我订了苏打水，但他们给我送来的是柠檬汁。”

“行了，去你的吧。”利马斯说。他突然感到十分疲倦。

菲德勒摇摇头。

“你是个很自负的人，”他说，“不过没关系。吃晚饭，然后睡觉吧。”

一名卫兵拿着餐盘走了进来：黑面包、香肠和冷冰冰的蔬菜色拉。

“有点简陋，”菲德勒说，“但也还不错。很遗憾，没有土豆。我们当前土豆供应紧张。”

他们开始默默地吃饭。菲德勒吃得很小心，像是在计算着卡路里一样。

卫兵带利马斯到卧室去。他们让他自己拿着行李——就是离开英国时基弗给他准备的行李。有一条很宽的中央过道，从前门通到房子后面。他走在两名卫兵中间，前面有一扇暗绿色的双开大门，一名卫兵开了锁，然后他们示意利马斯先进去。他推开门，发现这是一间营房卧室，有两张单人床、一把椅子和一张简陋的桌子。有点像战俘营。墙上贴着女孩的照片，窗户上都装着百叶帘。房间另一头还有一扇门。他们让他继续往前走。他放下行李，走过去打开门。第二个房间和第一个一样，但只有一张床，墙上也没贴东西。

“你们去拿行李箱，”他说，“我累了。”他没脱衣服，直接躺到了床上，没过几分钟便沉沉睡去。

送早饭的卫兵叫醒了他，早饭有黑面包和代用咖啡。他下了床，来到窗前。

房子位于一座高山之上。窗下的地势非常陡，山顶上松树的树冠清晰可见。松树林那边，是一眼望不到边的山峦，山上郁郁葱葱，山势匀称、轮廓优美，让人叹为观止。不时有一道长满树木的溪谷，或者一条防火带，在松树林间形成一条细细的褐色分界线，仿佛亚伦的神杖，神奇地将铺天盖地的林海分隔开来。山间杳无人迹，没有房子或教堂，连以前人类居住的废墟都没有——只有一条路，那条黄色的土路，像山谷的盆底画了一道细线。没有声音。如此宏大的景象，竟然如此安静，不禁让人称奇。空气寒冷而清朗。夜里肯定下过雨，地面是潮湿的，眼前的景观在白色的天空下轮廓分明，利马斯都能分清最远的山上那一棵一棵的树。

他一边喝着发酸的咖啡，一边慢慢整理衣服。等他快弄好，正准备吃面包时，菲德勒走了进来。

“早上好，”他高兴地说，“不要管我，你继续吃早饭。”他在床上坐了下来。菲德勒有胆子，这一点利马斯必须承认。倒不是说来见他需要什么勇气——根据利马斯的判断，卫兵应该还在隔壁的房间里。而是说他那副样子，有种不达目的誓不罢休的劲儿，利马斯能察觉到，也很欣赏。

“你给我们提了个有趣的问题。”他说。

“我知道的全告诉你了。”

“哦，那可没有。”他笑道，“不，不，你没全说。你告诉我们的，是你**意识**到你所知道的。”

“真聪明。”利马斯喃喃地说道，一边将食物推开，点了一根烟——这是他最后一根烟。

“让我来问**你**一个问题，”菲德勒带着夸张的愉快模样，好像在派对上提议玩个游戏，“作为有经验的情报人员，如果遇到你给我们提供的信息，你会怎么做？”

“什么信息？”

“我亲爱的利马斯，你只给我们提供了一条情报。你跟我们说了里梅克，里梅克我们早就知道。你跟我们说了柏林组织的构成，有哪些人，哪些间谍。这个嘛，不客气地说，都是老皇历啦。准确吗？准确。很好的背景，非常出色的解读，时不时还有可信的佐证，时不时还有一两条小鱼，我们慢慢都会从池子里捞出来。但是，这些嘛，恕我直言，不是值一万五千镑的情报，”他又笑着说，“按当前的行情，是不值的。”

“听我说，”利马斯说，“交易不是我提出来的——是你提出来的。你，基弗，还有彼得斯。我可没有爬到你那几位娘娘腔的朋友跟前，要死要活兜售旧情报。菲德勒，是你的人一手操办的，你报了价，你就得冒风险。还有，我他妈的一分钱都还没拿到呢。所以，如果行动泡汤了，不要怪到我头上。”让他们主动来找你，利马斯心想。

“没有泡汤，”菲德勒回答，“还没结束呢。不会的。你知道的，还没告诉我们。我刚才说过，你给了我们一条情报。我说的是‘滚石’。让我再问你一遍——如果我、彼得斯或者我们随便谁吧，跟你说了个类似的故事，你会怎么办？”

利马斯耸耸肩膀。

“我会感到不安，”他说，“这种事发生过。你有一条线索，也许几条，表明某个部门某个层级有间谍。那又怎么样？你总不能把政府里所有人都抓起来。也不能给一整个部门设陷阱。你就只能按兵不动等着，希望有新情况发生。你在心里记着。就‘滚石’来说，你都没法判断那人在哪个国家活动。”

“你是个行动派，利马斯，”菲德勒笑着说，“但不是情报分析员。这一点很清楚。我来问你几个基础的问题。”

利马斯没说话。

“那份文件——‘滚石’行动的那份真实文件。什么颜色？”

“灰色，上面有个红十字——意思是仅限被授权者接触。”

“文件外面还有别的东西吗？”

“有，警示标志。也就是被授权者标签。有一段说明文字，说除本标签上所列授权人员之外，任何未经授权者若发现此文件，不得开启，应原封不动将文件还至金融处。”

“授权名单上都有谁？”

“‘滚石’行动吗？”

“对。”

“老大、他的助理、他的秘书、金融处、特别登记处的布利姆小姐、卫星四处。就这么多了吧，我想。可能还有特别配送处——我不太确定。”

“卫星四处？他们是干什么的？”

“除苏联和中国之外的铁幕国家。两德界区。”

“你是指东德？”

“我指的就是两德界区。”

“整个处都在授权名单上，不是有些反常吗？”

“也许是吧。我又不知道——我以前都没处理过有限授权文件。当然，柏林除外，那里什么都不一样。”

“那时候谁在卫星四处？”

“噢，天哪，吉勒姆、哈沃雷克，我想还有德·扬，他刚从柏林回来。”

“他们全都能看到这份文件吗？”

“我不知道，菲德勒，”利马斯不耐烦地反驳道，“我要是你……”

“整个处都在授权名单上，其他的被授权者都是个人，这不是很奇怪吗？”

“跟你说了，我不知道——我怎么会知道呢？我在这里面也就是个文员。”

“文件在授权者之间的传递，是谁负责呢？”

“那些秘书吧，我想——我不记得。都过去好几个月了……”

“那秘书们为什么不在名单上？老大的秘书在啊。”沉默了一会儿。

“哦，你说的对，我现在想起来了，”利马斯说，似乎有些意外，“我们是面对面递交的。”

“金融处还有谁处理过那份文件？”

“没了。我加入金融处之后，干的就是这个活。之前是个女的，我来了以后，就接手了，她们就从名单上拿掉了。”

“这么说，你一个人拿着文件，亲手交给了下一个看文件的人？”

“对……对，我想是这样。”

“你交给谁了？”

“我……我不记得了。”

“想一想！”菲德勒没有提高声音，但话里突然有种紧迫感，让利马斯吃了一惊。

“我想是交给老大的助理，给他看我们做了什么，或者建议做什么。”

“文件是谁拿来的？”

“你这是什么意思？”利马斯听起来有些不知所措。

“谁把文件拿来给你看的？肯定是名单上某个人拿给你的啊。”

利马斯用手指摸着脸，那是个下意识的紧张动作。

“对啊，肯定有个人。你知道吗，菲德勒，这事儿没那么容易。那些日子里，我喝了很多酒，”他的语气意外软了下来，“你不明白，这事儿对我来说有多难……”

“我再问一遍。想一想。谁把文件拿给你的？”

利马斯在桌边坐下来，摇摇头。

“我想不起来了。回头也许能想起来。现在是真不记得，真的想不起来了。逼也没用。”

“不可能是老大的女孩，对不对？你总是把文件交还给老大的助理。你自己说的。所以名单上的人都比老大先看到文件。”

“是，我想是这样。”

“还有特别登记处的布利姆小姐。”

“她就是负责特别授权文件保密室的那个女人。那份文件在非流转期间，就存在保密室里。”

“那么，”菲德勒轻声说，“一定是卫星四处拿来的，不是吗？”

“是的，我想是的。”利马斯无助地说，好像菲德勒的聪明让他无法招架一样。

“卫星四处在几楼？”

“三楼。”

“金融处呢？”

“五楼。在特别登记处隔壁。”

“你记得是**谁**拿上去的吗？你是不是记得，比如说，你曾走下楼梯，到他们那儿取文件？”

利马斯绝望地摇摇头。突然，他转脸对着菲德勒，喊道：

“记得，我记得！我当然记得！是彼得给我的！”利马斯好像刚醒，激动起来，脸色通红，“就是这样。有一次我去彼得的房间拿的。我们还聊了挪威的事。你知道，我们一起在挪威服过役。”

“彼得·吉勒姆？”

“对，彼得——我刚才把他给忘了。他前几个月刚从安卡拉回来。他在名单上！就是彼得——还能有谁！就是这样。是卫星四处，后面括号里写着‘PG’，那就是彼得名字的首字母缩写。之前是别人干的，后来特别登记处在旧名字上贴了一小片白纸，写了彼得名字的首字母。”

“吉勒姆负责哪个区域？”

“两德界区。东德。经济类的东西。负责个小部门，没什么动静。就是他。有一次他把文件拿上楼给我，现在我想起来了。但他不招间谍的，我也不知道他怎么也在这件事情里面——当时他和几个人在做食品短缺方面的什么研究。其实就是评估。”

“你没和他讨论这事吗？”

“没，那是禁止的。特别授权文件是不许说的。特别登记处那个女的——布利姆——还提醒过我：不许谈论，不许提问。”

“不过，考虑到与‘滚石’相关的那套复杂的安全措施，吉勒姆所谓的研究工作，有可能和‘滚石’这位间谍有些关系，不是吗？”

“我早跟彼得斯说过，”利马斯一拳砸在桌子上，几乎是咆哮道，“难道还有针对东德的行动，而我却不知道，柏林的组织却不知道？只有愚蠢的家伙才会这样想。有什么行动我肯定都会知道，你懂不懂？这话要说多少遍呢？我肯定都会知道！”

“没错，”菲德勒轻声说，“你当然会知道。”他站起身，走到窗前。

“你该秋天的时候看看，”他望着窗外，说道，“山毛榉由绿变黄，那景色真漂亮。”

-13-

大头针还是回形针

菲德勒喜欢问问题。他是名律师，有时候提问就是为了自己高兴，展示证据和终极真相之间的差距。不过，他有种坚持不懈、刨根问底的精神，对记者和律师来说，这本身就是目的。

当天下午他们出去散步，先沿着石子路走到谷底，然后拐上一条通向树林的土路。路面宽阔，但上面坑坑洼洼，两边都是砍倒的树木。菲德勒一直在打听，自己却不透露任何消息。问剑桥圆场的建筑是什么样子，里面上班的都有什么人。他们来自什么阶层，住在伦敦什么地方，夫妻俩是不是在同一个部门工作？他还询问他们的薪水、假期、精神面貌、食堂情况。他打听他们的感情生活、流言蜚语、人生信念。他问了很多关于他们信念的情况。

对利马斯来说，这是最难回答的问题。

“信念，你这是什么意思呢？”他回答，“我们不是马克思主义者。我们啥也不是。就是人。”

“那你们是基督徒吗？”

“我觉得不多。我认识的不多。”

“那么，是什么让他们做这个工作呢？”菲德勒继续问道，“他们一定有信念啊。”

“为什么一定要有？也许他们不知道，甚至根本不在乎。不是每个人都有信念的。”利马斯有些无助地回答。

“那告诉我，你的信念是什么？”

“噢，我的天哪。”利马斯不耐烦地说。两人默默地走了一会儿。然而，菲德勒可不会那么容易放弃。

“如果他们不知道自己要什么，怎么能确定自己是对的呢？”

“谁说他们确定自己是对的？”利马斯烦躁地回答。

“但是，那合理性又在哪里呢？在哪里？对我们来说，这个问题很容易，我昨晚跟你说过。总局以及类似的机构，就是党的胳膊的自然延伸。在争取和平和进步的斗争中，它们是先锋队。它们对于党，就像党对于社会主义。它们**就是**先锋队。斯大林这么说的。”他挤出一点笑容，“引用斯大林的话不时髦了，但他曾经说过：‘清除五十万人是个数字，交通事故中死一个人是全国悲剧。’你看，他这是嘲笑资产阶级的敏感。他很善于嘲讽。但是，这话的含义没有错。利马斯，与反革命做斗争的运动，不能因为利用了几个人——甚至清除了几个人——就停下来。这两种手段其实也没差别，在改造社会的过程中，我们从来不会假装完全正义。基督教的圣经里面，也有个罗马人说过，不是吗——方便起见，为了众人的利益，一个人应当死掉。”

“应该有这话吧。”利马斯无精打采地回答。

“那你怎么看呢？你的信念是什么？”

“我就是觉得，你们这帮家伙全都是王八蛋。”利马斯恶狠狠地说。

菲德勒点点头。“这种观点我是理解的。原始、消极而且非常愚蠢——但怎么说也是一种观点，是存在的。那么，圆场其他人呢？”

“我不知道。我怎么会知道？”

“你从没跟他们谈论过信念吗？”

“没有。我们不是德国人，”他犹豫了一下，又含糊其辞地补充了一句，“我猜他们不喜欢共产主义吧。”

“那随便做什么，比如杀人，都是正当的？可以在人多的饭店里放炸弹，可以像你们那样不停地抛弃自己的间谍——诸如此类的事情，都是正当的？”

利马斯耸耸肩膀。“我想是吧。”

“你看，对我们来说，这个道理是可行的，”菲德勒继续说道，“就我个人来讲，如果有利于让我们在伟大事业的道路上更进一步，我是愿意到饭店去放炸弹的。事后，我会算算账——死了多少女人、多少孩子，我们的事业迈进了多少。可是，基督教徒呢——英国是个基督教社会——基督教徒可能不去算这个账。”

“为什么不算呢？他们也要为自己的行动辩护，不是吗？”

“但他们相信人类生命的圣洁。他们相信，每个人都有个灵魂，可以被拯救。他们相信自我牺牲。”

“我不知道。我也不怎么在乎，”利马斯又说，“斯大林也不算账，不是吗？”

菲德勒笑了笑。“我喜欢英国人，”他几乎是喃喃自语，“我父亲生前也是。他很喜欢英国人。”

“听到这话，我感觉真好、真温暖。”利马斯回嘴道，随即便不说话了。

他们停下脚步，菲德勒递给利马斯一根香烟，并为他点着。

他们这时候在爬陡坡。利马斯喜欢这样的锻炼，他大步走在前头，身体略向前倾。菲德勒小巧敏捷，在后面跟着，像猎犬跟在主人身后。他们应该走了一个小时，也许还不止，这时头顶浓密的树冠豁然分开，露出了天空。他们到了一座小山丘的顶部，能俯瞰那重重叠叠的松树林，中间夹杂了几簇灰色的山毛榉。利马斯能望见山谷那边的狩猎小屋，就在对面那座小山的山顶下方，背靠着山顶的密林，显得又矮又黑。一片空地上有一条粗糙的板凳，旁边有一堆木柴，还有被雨水淋湿的篝火痕迹。

“我们坐一会儿，”菲德勒说，“然后我们就要回去了。”他顿了一顿，又说：“告诉我，这钱，国外银行那几笔巨款——你当时认为是干什么的呢？”

“你这是什么意思？我不是告诉过你了吗，是付给一个间谍的。”

“铁幕那边的一个间谍？”

“对，我想是的。”利马斯无精打采地回答。

“你为什么那么想呢？”

“首先，那是很大一笔钱。其次，付款复杂，有特别的安全措施。还有，老大自己也在里面。”

“你认为间谍拿这钱去干了什么呢？”

“行了，我都告诉过你了——我不知道。他有没有拿走，我都不知道。我什么都不知道——我他妈的就是个办公室小文员。”

“那些账户的存折，你后来怎么处理的？”

“回到伦敦就交上去了啊——还有我的假护照。”

“哥本哈根和赫尔辛基的银行，后来寄信到伦敦给你了吗——我是说，给你那个化名？”

“我不知道。我想，如果有信，肯定会直接交给老大吧。”

“你用来开账户的假签名——老大都有样本？”

“对。我练习了很久，他们有样本。”

“不止一个？”

“当然啊。整整好几页呢。”

“我明白了。这么说，你开了账户以后，信件有可能直接发给了银行。那你就未必知道了。签名可能是伪造的，给银行寄信，你也不知情。”

“是的。没错。我想情况就是这样。我还签了不少白纸，我一直就认为，通信的事情由别人负责。”

“但是，究竟有没有那样的通信，你其实是不知道的，对吗？”

利马斯摇摇头。“这事儿你全搞错了，”他说，“你这纯粹是小题大做。每天传来传去的文件很多——这就是日常工作。我也不去想那么多。想它干吗呢？都是不能打听的事情，我一辈子干的都是这种事情，你只掌握一点儿情况，剩下的由别人掌握。何况，看到文件，我都觉得无聊死了。晚上从来不会因为那些东西而睡不着觉。当然，那几次旅行，我还是喜欢的——还有出差生活补贴，对我有些用处。但我不是整天坐在办公桌前想‘滚石’啊。而且呢，”他又有些不好意思地补充道，“我那时候经常喝点酒。”

“这你说过，”菲德勒说，“当然，我相信你。”

“你信不信我，关我屁事。”利马斯气呼呼地反驳。

菲德勒笑了笑。

“我很高兴。这就是你的优点，”他说，“无所谓，这可是个了不起的优点。这里有点儿憎恶，那里有点儿自负，这都没关系，不过是录音机的杂音。你很客观。对，我想起来了，”

菲德勒停顿了一会儿，又继续说道，“你还可以帮我们核实一下，那些钱有没有人取走。你可以给两家银行写信，没人能拦着你，找它们要最近的流水账单。我们可以说，你现在住在瑞士，用一个临时通信地址。你看有什么不妥吗？”

“也许能行得通吧。要看老大那边有没有和银行联系，用我假冒的签名。那就对不上了。”

“我看反正我们不会有什么损失。”

“可你们又能有什么收获呢？”

“如果钱已经取走了——我同意这一点值得怀疑——但如果已经取走，那我们就知道某个具体的日子该间谍所在位置。这该是有用的情报了。”

“你这是做梦呢。靠这种信息，你是永远找不到他的，菲德勒。他到了西方，就算在某个小镇上，也能跑到任何国家的领事馆去，拿个签证到另一个国家去。你能比他聪明到哪里去？你甚至都不知道他是不是东德人。你上哪儿找人去？”

菲德勒没有立即回答。他正心不在焉地凝视着山谷那边。

“你说过，你习惯了只知道一点儿信息，我要是回答这个问题，就要告诉你一些你不该知道的信息。”他犹豫了一下，“但是，有一点我可以保证，‘滚石’行动就是针对我们的。”

“我们？”

“德意志民主共和国。”他笑了笑，“两德界区吧，如果你更喜欢这样说的话。我其实也没那么敏感。”

这时他在观察着利马斯，那双褐色的眼睛流露出思索的神情。

“那我呢？”利马斯问。“假如我不写信呢？”他提高了声音，“是不是该谈谈我了，菲德勒？”

菲德勒点点头。

“为什么不呢？”他愉快地回答。片刻的沉默之后，利马斯说：

“我该做的都做了，菲德勒。我知道的，你和彼得斯都有了。我从未答应要给银行写信——这种事情也许会带来危险。我知道，这你是不担心的。在你眼里，我完全可以牺牲掉。”

“我跟你说实话吧，”菲德勒回答，“你也知道，审讯叛投的间谍，有两个阶段。就你而言，第一个阶段几乎已经完成了。我们能合理记录下来的，你都说了。但你没有告诉我们，你们的情报机构喜欢大头针还是回形针，因为我们没问你这个问题，而且你也不认为这个问题很重要，不会主动说。双方都有个无意识筛选的过程。但是，总有一种可能——利马斯，这才是让人担心的事——完全有一种可能，过一两个月，我们突然之间迫切需要知道大头针和回形针的情况。这一般要在第二阶段解决——也就是你在荷兰拒绝的交易。”

“你这是要把我一直晾在外面？”

“叛投间谍这个行业，”菲德勒笑着说，“需要极大的耐心。合格的非常少。”

“多久？”利马斯坚持问道。

菲德勒没说话。

“说啊？”

菲德勒突然急切地说：“我向你保证尽可能快，只要允许，我立即告诉你答案。你知道——我不能跟你撒谎，是不是？如果只是为了让你配合，我完全可以跟你说一个月，甚至不到一个月。但我跟你说，我不知道，因为这就是实情。你给了我们一些线索，在我们追查彻底之前，我不可能让你走。但是，如果情况是我想的那样，等事情结束，你会需要一个朋友，而那个朋友就是我。我以德国人的名义向你保证。”

利马斯吓了一跳，一下子说不出话来。

“好吧，”最后他说道，“我就听你的，菲德勒，但是如果你有意害我，我总有办法拧断你的脖子。”

“那就没有必要了。”菲德勒平静地说。

一个人如果扮演着某个角色，不在人群之中，而在独处之时，那他显然会有心理危险。欺骗的行为，本身并没有很高的要求，只是个经验和专业技能的问题，大多数人都可能掌握。骗取他人信任的、舞台演戏的、赌博的，在表演结束之后，都可以回到观众之中，成为其中一员。秘密特工却没有这样的放松时刻。对他来说，欺骗首先是自卫。他要保卫自己，既要防范外界，也要防范内心，连最自然的冲动，都要加以克制。他就算腰缠万贯，他的角色也可能会不允许他买把剃须刀。他就算学富五车，某些情况下也许只能嘟嘟囔囔，说些陈词滥调。他就算疼爱妻儿，面对他自然而然想敞开心扉的人，也必须保持克制。

一个永远封闭在其伪装中的人，要面临难以抵制的种种诱惑。这一点利马斯很清楚，他采用了最能将他武装起来的方法。就算孤身一人，他也强迫自己按照所扮演的角色生活。据说巴尔扎克临死前，曾询问他创造的那些人物身体是否健康、生活是否顺利。同样，利马斯创造了他的角色，并且继续使用创造的力量，扮演着他的角色。他展现在菲德勒面前的那些特点——焦躁、猜疑、用自我保护式的高傲掩盖内心的羞耻——

都不是模仿，而是他某些真实特点的放大。所以他才会拖着脚走路，个人生活马马虎虎，对食物漠不关心，对酒精和烟草日渐依赖。一个人独处之时，他仍然遵循这些习惯，甚至还会夸大一些，嘟嘟囔囔、自言自语，诉说服役中遭遇的不公。

只有在极为罕见的时刻，比如现在准备上床睡觉的时候，他才会允许自己奢侈一下，承认他身上这个巨大的谎言。

老大无比正确。菲德勒正走进老大为他张好的大网之中，就像在梦游之中被人牵着鼻子走。看着菲德勒和老大的兴趣逐渐融合，让人觉得怪异，好像两人商量好了同一个计划，利马斯只是被派来执行。

也许这正是答案。也许菲德勒就是老大拼命想要保护的“特别关注”者。利马斯没去多想这种可能性。他不想知道。在这种事情上，他完全没有好奇心。他知道，自己去推理，不会有什么好结果。然而，他发自内心地希望那是真的。如果那样，他至少还有一点点回家的可能。

-14-

致客户的信

第二天一早，利马斯还没起床，菲德勒就拿来两封信让他签名。一封用的是薄薄的蓝色书写纸，地址是瑞士施皮茨湖的阿尔彭布里克塞勒酒店。另一封的地址是格斯塔德的皇宫酒店。

利马斯先看第一封信：

致哥本哈根皇家斯堪的纳维亚银行有限公司经理

亲爱的先生，

我于3月3日致信贵行，请求出具我与卡尔斯多夫先生联名储蓄账户的流水账单。我已在外旅行数周，无法查收英国邮件，故未曾收到贵行对我上述信件的回复。为免再次耽搁，烦请惠寄一份流水单副本至如下地址：

法国巴黎十二区

科隆布大街13号

Y. 桑洛夫人

收转

自4月21日起，我将在该处停留两周。

对此造成的不便，我深表歉意。

此致

敬礼！

罗伯特·兰恩

"这是怎么回事，3月3日的信？"他问，"我没给他们写什么信。"

"是的，你没写过。就我们所知，没人写过。但这样说会让银行着急。如果我们寄的这封信，和老大给他们写的信之间有什么矛盾，他们会以为问题出在丢失的那封信上，也就是3月3日的信。他们会根据你的要求把流水单寄给你，然后在信中说，很抱歉没收到你3号的来信。"

第二封信的内容和第一封一样，只是名字不同。巴黎的地址也相同。利马斯拿过一张白纸和他的自来水笔，用流畅的笔体书写“罗伯特·兰恩”，写了六七遍之后，他签署了第一封信。他将笔向后倾斜一点儿，又开始练习第二个签名，等他感到满意之后，便在第二份信上签下了“史蒂芬·本尼特”。

“了不起，”菲德勒说，“很了不起。”

“现在我们干什么呢？”

“这两封信明天会分别从瑞士的因特雷肯和格斯塔德寄出去。巴黎的人收到回信，会立即给我发电报。一周内我们就会有结果。”

“这段时间呢？”

“我们会一直在一起。我知道你不喜欢，我很抱歉。我想我们可以去散步，开车在山里转一转，打发时间。我希望你放松地聊。聊伦敦、剑桥圆场和部门工作。跟我谈谈大家的流言蜚语，谈谈工资、假期、房间、纸张、人员。大头针和回形针。我想知道所有不重要的小事情。另外呢……”他的语气变了。

“什么？”

“我们这儿有设施，专门招待那些……那些在我们这儿住下来的人。娱乐设施。”

“你这是要给我找个女人？”他问。

“是的。”

“不用了，谢谢你。我和你不一样，还没到要人拉皮条的地步。”

菲德勒似乎对他的回答无动于衷，立即又说了下去。

“可你在英国有个女人，不是吗——图书馆那个女孩？”

利马斯突然凶相毕露，两手展开放在身侧。

“这一件事情！”他喊道，“就这一件事情——不要再提起，不许当作笑话，不许拿来威胁，不许用来施压，菲德勒，因为都他妈的不会有任何作用，永远不会。我会闭上嘴巴，你给我听好了，到死都不会再说一个字。菲德勒，你去告诉他们，告诉蒙特，告诉斯坦姆伯格，哪个婊子养的让你来说这事的，你去告诉他——告诉他我说的话。”

“我会告诉他们的，”菲德勒回答，“我会告诉他们的。可能来不及了。”

下午，他们又去散步。天空黑暗阴沉，空气暖呼呼的。

“我只去过一次英国，”菲德勒随意说道，“去加拿大途经英国，和我父母一起，那是战前。我当然只是个孩子。在英国待了两天。”

利马斯点点头。

“我现在可以跟你说，”菲德勒继续说道，“几年前我差点又回英国啦。本来要去接替蒙特，在钢铁代表团——你知道他在伦敦待过吧？”

“我知道。”利马斯含糊地回答。

“我一直想，真要去做那份工作，不知道会是什么样子。”

“和盟国类似代表团的人混在一起呗，我想就那些事儿吧。接触一下英国商界的人——也没啥。”利马斯听起来有些无精打采。

“可蒙特干得挺好，他觉得很轻松。”

“我听说了，”利马斯说，“他还顺手杀了几个人呢。”

“那么，这件事你也听说啦？”

“彼得·吉勒姆说的。他和乔治·史迈利负责调查。蒙特差点连史迈利都干掉了。”

“费南的案子，”菲德勒思忖着，“蒙特竟然能逃掉，真是神奇啊，不是吗？”

“我想是的。”

“一个照片和个人信息都在外交部的档案里，被定义为外国使团成员的人，居然能对抗整个英国安全部门，真是不可思议。”

“我听说，”利马斯说，“他们也不是那么急着抓他。”

菲德勒突然停下脚步。

“你刚才说什么？”

“彼得·吉勒姆对我说，他不认为他们想抓蒙特，我刚才说的就是这个。那时候我们的组织不一样，有个参谋负责，而不是负责行动的老大。那位参谋叫马斯顿。他从一开始就把费南的案子搞得一团糟，吉勒姆是这么说的。彼得说，如果真抓住蒙特，会搞得臭气熏天，他们会审判他，很可能要绞死他。整个过程会乌烟瘴气，肯定会毁了马斯顿的事业。彼得同样不完全知情，但他敢肯定，他们没有对蒙特进行全面搜捕。”

“这一点你肯定吗？你确定吉勒姆这样说过，说了这么多吗？没有全面搜捕？”

“我当然确定啦。”

“吉勒姆从来没提过，他们放蒙特走，可能有其他原因吗？”

“你这话是什么意思？”

菲德勒摇摇头，他们继续在小路上走着。

过了一会儿，菲德勒说道：“费南的案子后，钢铁代表团项目就关闭了，所以我才没去。”

“蒙特肯定是疯了。搞暗杀，要是在巴尔干——或者在这里，也许还能跑掉，在伦敦怎么可能呢。”

“但他最后还是跑掉了，不是吗？”菲德勒立即接着说，“而且他做了不少工作。”

“招募基弗和艾什那样的工作吗？祝他好运吧。”

“费南那个女人帮他们干了很长时间。”

利马斯耸耸肩膀。

“跟我说说卡尔·里梅克的其他事情吧，”菲德勒又说，“他见过老大一次，是不是？”

“是的，在柏林，大概一年前吧，可能还要久一点。”

“在哪里见面的？”

“我们一起，在我的公寓。”

“为什么？”

“老大喜欢在庆功时出场。我们从卡尔那里得到了很多好东西——我想伦敦的人肯定很满意。他就要出来，到柏林待几天，要我安排他们见面。”

“你不介意吗？”

“我为什么要介意？”

“他是你发展的间谍。你也许不希望他见其他上线联络员？”

“老大不是上线联络员。他是部门的大领导。这一点卡尔知道，还为此感到有些骄傲。”

“你们三个人一直都在一起？”

“对。嗯，也不是一直。我让他们俩单独待了一会儿，一刻钟左右吧，不超过一刻钟。老大提出来的——他要和卡尔单独待几分钟，鬼知道他要干吗，所以我就找个借口离开了，我忘记了是什么借口。啊——对啦，我假装说家里没了威士忌。实际上，我真的到德·扬那里拿了瓶威士忌。”

“出去那段时间，你知道他们谈了什么吗？”

“我怎么知道？我也没那么感兴趣。”

“卡尔后来跟你说了吗？”

“我没问他。在有些事情上，卡尔是个放肆的家伙，总是假装拿住了我的把柄。说起老大，他会偷偷地笑，那样子我不喜欢。不过呢，他也有权利笑话——那的确像是出闹剧。实际上，我们还一起笑话过这件事。反正也没有必要去打击卡尔的虚荣心。见面这事儿，本来就是为了给他打强心针。”

“卡尔那时候打不起精神吗？”

“没有，恰恰相反。他已经被宠坏了。我们给他的钱太多了，太爱他、太信任他了。一部分是我的责任，一部分是伦敦的责任。要不是我们宠坏了他，他也不会把整个情报网都告诉那个该死的女人。”

“埃尔维拉？”

“对。”他们默默地继续走，过了一会儿，菲德勒从遐想中回过神来，说道：

“我开始喜欢你了。但是，有件事让我困惑。很奇怪——见到你之后，我才开始为这件事担心。”

“什么事？”

“你为什么要过来。你为什么要叛投过来。”利马斯正准备说话，菲德勒却笑了。“恐怕我这话说得很没有技巧，是不是啊？”他说。

那个星期，他们在山间散步。傍晚时分，他们会回到小屋，就着一瓶劣质白葡萄酒，吃一顿糟糕的晚餐，然后拿着一瓶施泰因哈根杜松子酒，对着炉火一坐就是半天。生火似乎是菲德勒的主意——他们一开始没有火，后来有一天利马斯才听到菲德勒让卫兵去搬木柴。利马斯倒不介意这样度过夜晚。他呼吸了一天的新鲜空气，烤着炉火，在这粗犷的乡野氛围之中，不需要别人提问，他也会自动聊起来，滔滔不绝地谈论他的工作。他知道有录音。他不在乎。

随着日子一天天这样过去，利马斯意识到，他的伙伴越来越紧张。一次，他们开那辆小奇迹牌汽车出去——当时已经很晚了——在一个电话亭边停了下来。菲德勒让他在车里等着，钥匙也留在车里，自己去打了很长时间电话。他回来以后，利马斯问他：

“你为什么不在家里打电话？”但菲德勒只是摇了摇头。

“我们要小心，”他回答，“你也一样，也要小心。”

“为什么？出什么事啦？”

“你存进哥本哈根银行的钱——我们写过信的，记得吗？”

“当然记得。”

菲德勒不愿意多说，只是默默地开着车进了山里。他们停下车。下方，成片成片的高大松树形同鬼魅，两个巨大山谷的交汇点便在那松树林间若隐若现。林木茂盛的陡峭山峦，在聚拢的暮色中渐渐失去了丰富的色彩，灰蒙蒙地立在山谷两侧，在昏暗之中显得毫无生气。

“无论发生什么，”菲德勒说，“都不要担心。会没事的，你明白吗？”他一只瘦小的手搭在利马斯的胳膊上，语气凝重。“你可能要自己照顾自己一阵子，但不会很久，你明白吗？”他又问道。

“不明白。既然你不告诉我，我就只能走一步瞧一步了。不用太担心我的安危，菲德勒。”他动了动胳膊，但菲德勒的手仍然抓着他。利马斯讨厌别人碰他。

“你知道蒙特吗？”菲德勒问，“你了解他吗？”

“我们谈论过蒙特。”

“对，”菲德勒跟着说道，“我们谈论过蒙特。他的风格是先开枪，后提问题。威慑原则。在一个提问比开枪更重要的行业里，这是个奇怪的做法。”利马斯知道菲德勒想跟他说什么。“是个奇怪的做法，除非你害怕答案。”他低声说。

利马斯等着。过了一会儿，菲德勒说：

“他以前从没审问过人。都丢给我干，总是这样。他曾经跟我说——‘你审问他们，延斯，谁都没你干得好。我逮他们，你让他们开口。’他曾经说，做反间谍工作的人就像粉刷工——工作完成之后，后面需要站个人拿锤子敲，否则他们会忘记自己的目标是什么。‘我就是你的锤子。’他曾经对我说。一开始，这是我们俩的一个笑话，后来慢慢就成真的了。他开始杀人，在人家开口之前就杀，就像你说的，这里一个，那里一个，要么枪毙要么谋害。我问他，我求他：‘为什么不逮捕他们？为什么不把他们交给我一两个月？他们死了，对你有什么用呢？’他只是冲我摇摇头，说有一个原则：荆棘必须在开花之前砍倒。我觉得，在我提问之前，他就已经准备好了答案。他很会培训间谍，非常优秀。他在总局里取得过非凡的成就——你都知道。他有他自己的理论，我曾经和他一直聊到深夜。他喝咖啡——别的都不喝——总是喝咖啡。他说德国人过于内省，当不好间谍。这一点在反间谍工作中全体现出来了。他说做反间谍工作的人，就像咬骨头的狼——你必须把骨头拿走，让他们去找新的食物源——这些我现在都懂了，我知道他是什么意思。但他走得太远了。为什么要杀韦雷克呢？为什么把他从我这儿拿走？韦雷克是新鲜的食物源，你看，我们连骨头上的肉都还没咬下来。那为什么要干掉他呢？为什么呢，利马斯，为什么呢？”利马斯胳膊上的那只手抓得紧紧的。虽然车里一片漆黑，利马斯还是能感觉到菲德勒的情绪激动得可怕。

“我日日夜夜都在想这个问题。韦雷克被枪杀后，我就想知道原因。一开始似乎是妄想症。我告诉自己，这是因为妒忌，这是因为工作让我上头了，看什么都好像有问题。我们这个世界里的人，有时候是会这样的。但我自己也没法控制啊，利马斯，我必须把事情搞清楚。以前还有其他事。他害怕——他害怕有一天我们会抓到哪个人，把不该说的都说了！”

“你这是说什么呢？你疯了。”利马斯说，声音里带着恐惧。

“线索都拼起来了，你看。蒙特轻松地从英国逃脱。你亲口说的，他逃掉了。吉勒姆跟你说什么来着？他说，他们不想抓他！为什么不想抓？我来告诉你为什么——他就是他们的人。他们策反了他，他们逮住了他，你还不明白吗，这就是他获得自由的代价——还有付给他的钱。”

“我跟你说，你这是疯了！”利马斯倒吸了一口凉气，“他要是知道你编造这些话，一定会杀了你。你这是走火入魔了，菲德勒。闭嘴吧，我们开车回去。”紧紧抓住利马斯胳膊的那只手，终于松了下来。

“你这回可错了。答案是你给的，利马斯，就是你本人。所以我们才要相互照应。”

“不可能！”利马斯喊道，“我跟你说了很多遍，这事他们根本不可能做到。圆场不可能操纵他对付两德界区，而我却不知情！这在行政管理上根本就是不可能的事。照你这么说，老大在亲自指挥东德总局的副局长，而柏林站却一无所知？你疯了，菲德勒，你他妈的就是脑子坏掉了！”突然，他开始无声地笑了起来。“你也许是要他的位子，你这可怜的混账东西。你知道，这也不是没听说过。但这种事情早已经过时啦。”有一刻，两人都没说话。

“那笔钱，”菲德勒说，“哥本哈根的。银行回信了。经理很着急，担心出了错。联名账户上另一个人取走了那笔钱，刚好是你存钱后的一个星期。蒙特 6 月 21 日去过丹麦，待了两天，与取钱的日期吻合。他用的是化名，去见我们一名正参加世界科学家大会的美国间谍。”菲德勒犹豫了一下，又继续说道，“我想你该写封信给银行，告诉他们一切都很正常？”

-15-

受　邀

丽兹看着党中央来的信，不知道里面会写点什么。她有些疑惑，但必须承认，她也有些高兴。不过，他们为什么不事先跟她说一声呢？是区委员会把她的名字报上去了呢，还是中央选中了她？可是，就她所知，中央没人认识她呀。当然，她偶尔遇到过做演讲的人，在区代表大会上，她还和党的组织员握过手。也许从文化关系部来的那个人记住了她——那个有点女子气的漂亮男人，对人那么谦卑有礼。对了，艾什，他的名字叫艾什。当时他对她有点兴趣，她想应该是他把自己的名字报了上去，或者在培训费下来的时候想起了她。他是个奇怪的人，会议结束后，还带她去黑与白咖啡馆喝了咖啡，又问她男朋友的情况。他倒没有表达爱意什么的——实话实说，当时她觉得他有些怪——但他问了很多个人问题。她入党有多久了，不和父母一起住，会不会想家？交往过很多男朋友吗，有没有特别心仪的暗恋对象？她并不是特别在意他，不过他的谈吐倒是不错——德意志民主共和国的工人现状、工人进行诗歌创作的理念等等。他对东欧当然是非常熟悉。他肯定经常旅行。她猜他可能是中学老师，有那种滔滔不绝、喜欢说教的模样。后来他们进行“战斗基金”募捐，艾什捐了整整一镑。她感到十分惊讶。就是这样，现在她敢肯定，是艾什想起了她。他跟伦敦区委的什么人说过，区委又告诉了中央，大概就是这么回事。这样做事似乎有点奇怪，但党做事一贯有些神秘——她想，革命政党就该是这样的吧。丽兹不太喜欢这样，神秘兮兮的，好像不诚实。但她猜应该是有这个必要，天知道，还有很多人喜欢这样呢。

她把信又读了一遍。是中央的信纸，顶部印有红色的粗体字，开头是“亲爱的同志”。在丽兹听来，这很有军事意味，这一点她很讨厌。她一直没怎么适应“同志”这个词。

亲爱的同志，

近来，经与德意志民主共和国统一社会党的同志们磋商，我们决定促进本国党员与民主德国的同志们之间的交流，目的是在两党的基层打下交流的基础。社统党清楚，由于英国内政部当前的歧视性政策，他们的代表近期内无法到访英国，但他们认为，正因为此，双方经验的交流才显得尤为重要。他们慷慨地邀请我方挑选五位支部书记，要求有丰富的经验，以及组织街头群众运动的良好记录。被挑选的同志将会到访三周，参加支部讨论，学习工业和社会福利方面的进展，并亲眼见证西方法西斯式挑衅的证据。对我们的同志们来说，这是一个学习新兴社会主义制度经验的大好机会。

因此，我们已请区委推荐能从该项目中获得最大收益的年轻工人干部名单，你的名字在区委的上报名单之中。我们希望你尽可能前往德国，并完成该项目的第二部分，即在德意志民主共和国内，结识行业背景及所面临问题均与你相似的党员，并与其所在党支部建立联系。南贝斯沃特区支部已与莱比锡的新恩哈根郊区配对。新恩哈根支部书记弗丽达·鲁曼正在准备隆重的欢迎仪式。我们相信你是最适合这项工作的同志，也相信你此行一定会大获成功。相关费用全部由德意志民主共和国文化部支付。

相信你一定明白，这是一项难得的荣誉，也相信你不会因为个人因素而拒绝邀请。此行计划于下月底开始，在23号前后，但被选中的同志们将单独前往，因为并非所有邀请都在同一时间。请尽快告知我们是否接受，我们随后即告知具体细节。

她越读越觉得此事奇怪。首先事情来得仓促——他们怎么知道她能从图书馆请假呢？接着，她惊讶地回想起来，艾什曾问过她假期都干什么，今年有没有休假，申请休假是不是要提前很长时间告知。他们为什么不说其他被推荐人是谁呢？虽然没有明显的理由一定要说，但不说似乎又有些奇怪。而且，这封信真长啊。中央的秘书工作一直缺人，所以一般只写很短的信，或者让同志们打电话。这封信详尽清晰，打印得工工整整，不像是党中央发出的。不过，信倒确实是文化组织员签署的，是他的签名，错不了。她在通知复印件的下方见过很多次。而且这封信有那种半官僚、半狂热的奇怪风格，她虽然不喜欢，却早已经习惯了。说她有组织街头群众运动的良好记录，真是傻话。她根本没有。实际上，她讨厌这部分工作——在工厂大门口拿着大喇叭讲话，在街角兜售《工人日报》，地方选举时挨家挨户游说。和平工作，她倒不介意，觉得那有价值，也有道理。你可以看看路上碰到的孩子、推着婴儿车的母亲和站在门口的老人，你可以说："我是为了他们。"那才是真正为和平而斗争。

但是，至于为选票而斗争、为销量而斗争，她就不这么想了。也许是因为那要落实到个人，她想。十几个人一起开支部会议，改造世界、当社会主义先锋队、讨论不可逆转的历史潮流，这都不难。但是，会议结束后，他们要抱着一大堆《工人日报》到街上去，有时候一个小时甚至两个小时，才能卖出一份。有时候她会作弊，像其他人一样，自己买个六七份，就为了完成任务早点回家。下一次开会，他们会吹嘘——忘记了是他们自己买的——"戈尔德同志星期六晚上卖了十八份——十八份啊！"这消息随后会写入会议纪要，并且登上支部的公报。区委会表示满意，也许头版那个关于"斗争基金"的小方块里还会提到她的名字。这是个很小的世界，她真希望大家能更加诚实一些。但是，她自己也对自己撒谎。可能大家都这样。可能其他人更加理解，自己**为什么**要撒那么多谎。他们让她当了支部书记，真是奇怪。是马利根提议的——"我们年轻活泼又漂亮的同志"——他还以为让她当了书记，她就会和他睡觉。其他人投了她的票，是因为喜欢她，也是因为她会打字。因为她会把工作做掉，他们不用周末到处拉票。反正不用经常去。他们投了她的票，是因为他们想要一个体面的小俱乐部，革命、友好，不折腾。都是骗局。亚历克似乎能理解这一点，他只是没认真对待。“有些人养金丝雀，有些人入党。”有一次他说过，这话是真的。反正在南贝斯沃特支部是真的，这一点区委也很清楚。所以她被提名才特别奇怪，所以她特别不愿意相信区委插手了这件事。她敢肯定，答案就在艾什身上。也许他暗恋她。也许他不是同性恋，只是看起来像。

丽兹非常夸张地耸了耸肩膀，人们情绪激动而又孤身一人的时候，会做出这种过于用力的动作。毕竟是出国呢，又不要钱，听起来也很有趣。她从来没出过国，当然更拿不出这个钱。应该会好玩的。她对德国人有保留意见，这是真的。她知道，别人曾告诉过她：西德有军国主义和复仇倾向；东德是民主社会，而且爱好和平。但是，难道好德国人全在一边，坏德国人全在另一边？她有些怀疑。她的父亲是坏德国人杀死的。也许党选择了她，就是这个原因——算是个大度的和解姿态吧。艾什问那么多问题的时候，心里也许就是这么想的。没错——肯定是这样。她心里突然涌起一股对党的暖意和感激。他们真是体面的好人，她作为其中一分子，既感激又骄傲。她走到桌前，打开抽屉，里面有个旧书包，放着支部的信纸和党费票。她把一张纸塞进那台安德伍德牌打字机——区委听说她会打字，就送了一台打字机，除了打字的时候有点晃，其他都没问题。她打了一封整洁的信，心怀感激地接受了邀请。党中央真是好啊——严厉、仁慈、无私、永恒。他们是多好的人啊！为了和平而斗争。关上抽屉的时候，她瞥见了史迈利的卡片。

她想起了那个身材矮小的人，布满皱纹的脸上流露着真诚，站在她房间的门口问：“党知道你和亚历克的事吗？”她多傻啊。好啦，现在她不用去想那件事了。

-16-

被 捕

菲德勒和利马斯开车回去，一路无话。黄昏中的山峦黑暗深邃，车灯如豆，在越来越浓的夜色中挣扎，如同海面远方船只上的光亮。

菲德勒将车停在房子一侧的棚子里，然后两人朝大门走去。他们正准备进屋，突然树林的方向有人叫了一声，接着喊了菲德勒的名字。他俩转过身，在昏暗的光线中，利马斯看到二十码外站着三个人，显然在等菲德勒走过去。

“你们要干什么？”菲德勒喊道。

“我们要跟你谈谈。我们是柏林来的。”

菲德勒犹豫了一下。“那两个该死的卫兵呢？”他问利马斯，“前门应该有一名卫兵。”

利马斯耸耸肩膀。

“厅里的灯为什么没开？”他问，然后仍旧一脸狐疑地朝那些人走去。

利马斯等了片刻，什么也没听到，于是便穿过漆黑的房子，来到屋后的附属建筑。这是一个简陋的兵营，靠着房子的后墙，四周密密匝匝全是新栽的松树，从外面根本看不见。兵营共有三个并排的卧室，没有走廊连通。中间的房间给了利马斯，离农舍较近的房间里住着两名卫兵，第三个房间里住着谁，利马斯一直不知道。有一次，他尝试打开自己房间和那个房间之间的门，但门上了锁。有一天一大早，他出去散步的时候，透过蕾丝窗帘的狭小缝隙，他发现那是间卧室。无论他走到哪儿，那两名卫兵都在后面五十码的地方跟着，当时他们还没转过兵营的拐角，他便乘机朝窗户里面瞥了一眼。里面有张单人床，铺得好好的，还有一张小写字桌，上面有纸张。他猜，有人在那个房间里监视他，毕竟德国人做事认真。不过，利马斯是个老手，也不会把监视当回事。在柏林的时候，被人监视是生活日常——要是察觉不到监视的人，那反而更加糟糕：说明要么对方更加小心，要么你的能力下降了。因为他擅长这种事情，因为他善于观察、记忆准确——总而言之，因为他这一行干得出色——所以，一般情况下，他都能发现监视者。他知道影子小队喜欢的侦察队形，他知道他们的把戏、了解他们的弱点，也能抓住暴露他们行踪的片刻疏忽。对利马斯来说，被人监视算不得什么，但现在他穿过农舍到兵营之间的临时过道，站在卫兵的卧室里，立即感到出了问题。

附属兵营里的灯是由某个地方集中控制的。开灯关灯，由一只看不见的手负责。早晨，房间顶部那盏灯会突然亮起来，常常将他惊醒。夜晚黑暗不期而至，他又只能匆匆上床。他进入兵营时才九点钟，但灯已经灭了。平时要到十一点才熄灯，但现在灯都灭了，百叶窗也都放了下来。农舍和兵营之间的那扇门，他没有关，过道里的昏暗光线能照到卫兵房间的门口，但不能照进房间里面。借着这微光，他能看到两张空床。就在他站在房间门口、惊讶于里面竟空无一人之时，身后突然传来关门声。也许农舍和兵营之间的那扇门，是自己关上的吧，但利马斯没打算去再把门打开。现在四周漆黑一团。门关上的时候，竟然没有其他动静，没有咔嗒声或脚步声。这时候利马斯已本能地警觉起来，在他听来，好像声轨突然中断了一样。接着，他便闻到了雪茄的气味。这气味应该一直在空气里，只不过之前他没注意到。他像盲人一样，触觉和嗅觉在黑暗中更加敏锐。

口袋里有火柴，但他没用。他朝一侧跨出一步，背贴在墙上，一动不动。在利马斯看来，只有一种可能性——他们在等着他从卫兵的房间回到自己的房间，所以他决定待在原地不动。这时，从他刚才经过的农舍方向，传来一声清晰的脚步声。刚刚关上的门被人推了推，接着是转动门锁将门锁牢的声音。利马斯仍旧一动不动。再等等。面对现实吧，他现在被关在兵营里了。利马斯极其缓慢地蹲下身，同时一只手伸进外套侧面的口袋里。他很镇定，想到马上就要行动，他甚至感到宽慰，但记忆却在他大脑里翻涌。“几乎任何时候，你都能拿到武器：一个烟灰缸、几枚硬币、一支自来水笔——任何能扎能割的东西都行。”战争期间，住在牛津那幢房子里那位身材矮小、脾气温和的威尔士警察，最喜欢这句名言。“永远不要同时用两只手，刀子、棍棒、手枪，都要用单手；左臂空着，横放在肚子前面。如果找不到击打的东西，那就双手张开，拇指绷紧。”他右手摸到了口袋里的火柴盒，竖着紧紧抓在手里，然后有意慢慢捏碎，让参差不齐的小木片从指缝里露出来。完成之后，他沿着墙根慢慢挪动，他知道房间角落里有把椅子。来到椅子旁边，他突然将椅子推到房间中央，对发出的声响不管不顾。他一边数着步数，一边向后，退到两堵墙之间的夹角里。在此过程中，他听见自己房间的门被人一把打开。那人现在应该站在门口，他试图分辨对方的位置，但他自己房间里也没有亮光照出来，所以没法看清。伸手不见五指。他不敢冲上去攻击，因为现在房间中央有把椅子，这是他的战术优势，他知道椅子的位置，但对方不知道。他们必须先上来攻击他，一定要让他们过来，如果他们一直等着，外面的帮手就会找到总开关，把灯全部打开。

“来吧，你们几个只会动嘴的混蛋，”他用德语恶狠狠地说道，“我在这里，就在角落里。来抓我吧，不敢吗？”没有动静，没有声音。

“我在这里，你们看不见吗？怎么啦，啊？出什么问题啦，小娃娃，来呀，不敢吗？”这时他听见有人向前迈了一步，接着又是一步，随后便是咒骂声，因为那人在椅子上绊了一下，这正是利马斯等待的机会。他把火柴盒扔掉，缓慢小心地向前挪动，一步一步，左臂伸在前面，就像在树林里走路时用胳膊挡住小树枝一样。他轻轻地碰到了那人的胳膊，感觉到了温暖而扎手的军装布料。他小心翼翼地在那胳膊上拍了两下，用的还是左手——两下，清清楚楚——那人发出惊恐的叫声，然后又凑过来用德语低声说道：

“汉斯，是你吗？”

“闭嘴，你个蠢货。”利马斯低声回答。与此同时，他左手一探，抓住了那人的头发，将他的脑袋向前向下拉，右手猛然发力，手掌狠狠切在那人的后脖颈上。不等那人落地，他又抓住胳膊将他拽起来，同时右手虚握拳头，向上击中了对方咽喉，这时他才松开手，听凭对方倒下去。就在那人身体摔倒在地时，房间里的灯都亮了。

门口站着一名年轻的东德警察队长，嘴里叼着雪茄。他身后跟着两个人，其中一个穿着便装，非常年轻，一只手里拿着枪。利马斯想，那应该是捷克制造的，枪托顶上有供弹拨杆。他们都看着地上那个人。有人打开了外面的门，利马斯转身去看是谁。就在他转身时，有人喊了一声——利马斯想应该是队长——让他站着别动。他慢慢地转回来，面对着那三个人。

他被打中时，双手仍然在身体两侧。脑袋好像裂开了。他倒了下去，意识渐渐模糊，心里却还在想，打他的应该是把左轮手枪，老式的那种，枪托上有个系挂绳的圆环。

醒来时，他听见一名犯人在唱歌，看守在叫喊，让那人闭嘴。他睁开眼睛，疼痛感像一道强光，瞬间扎进大脑。他躺着不动，眼睛却不愿意闭上，只盯着无数锐利的彩色碎片在眼前飘过。他努力判断当前的状态：双脚冰凉，还能闻到劳动布囚服上的酸臭味。歌声停止了，利马斯突然希望那歌声能再次响起，尽管他知道那是不可能的。他想抬起手，摸摸脸颊上已经结成硬壳的血迹，却发现双手都被绑在身后，无法动弹。他的双脚应该也被绑上了，血液不流通，所以才会感到冰冷。他忍着疼痛四周张望，想将脑袋抬离地面一两英寸，却惊讶地发现，眼前正是自己的膝盖。他本能地想伸展双腿，一阵剧烈的疼痛突然贯穿了他整个身体，他发出一声凄厉的惨叫，仿佛车裂之人最后的哀嚎。他躺在那儿喘着粗气，试图克服身体的痛感。出于反常的性格，他又再次尝试伸腿，这次非常缓慢。那疼痛感立即又回来了，利马斯这才发现缘由：他的双手和双脚被一起绑在身后。他只要想伸腿，链子就会绷紧，把他的肩膀往下拉，受伤的脑袋便会碰到石头地板。他失去意识期间，他们肯定打过他。他浑身僵硬，到处都是淤伤，裆下也疼痛难忍。他想，不知道那名卫兵有没有被自己打死。死了才好。

头顶有盏大灯，光线强烈，像手术室里一样。没有家具，空间逼仄，只有刷成白色的墙，和一扇浅灰色的铁门，那是种时髦的银灰色，在现代伦敦住宅里常能看到。除此之外，没别的东西了。什么也没有。什么也想不了，只有钻心的疼痛。

他们来之前，他肯定躺了好几个小时。强光的烘烤下，室内变得很热，他渴了，但他不愿意喊。最后，门总算开了，蒙特站在门口。他一看那眼睛，就知道是蒙特。史迈利给他描述过蒙特的眼睛。

-17-

蒙 特

他们松开他，让他挣扎着站起来。有一下他差点成功了，但随着手脚恢复血液流通，全身的关节从之前的挤压状态下舒展开来，他又倒了下去。他们让他躺在地上，漠然地看着，像孩子看着地上的一只昆虫。一名看守从蒙特后面挤上来，大声命令利马斯站起身。利马斯爬到墙边，颤抖着的双手手掌扶着白色的墙面。他刚站起一半，那名看守踢了他一脚，他又倒了下去。他再次尝试，这次看守让他背靠着墙站了起来。他看见看守将身体重心移到左腿，知道他又要踢他。利马斯用尽剩余的力气向前一冲，脑袋低下来刚好撞在看守的脸上。两人一起倒了下去，利马斯压在看守身上。看守爬起身，利马斯躺在那儿等着对方报复。但蒙特冲看守说了点什么，利马斯只觉得自己被人抓着肩膀和双脚提了起来。他听见牢门关上的声音，知道自己被人抬着沿走廊往前走。他渴极了。

他们将他抬到一间舒适的小房间，里面设施齐备，有书桌和扶手椅。窗户上装有铁条，北欧式窗帘拉下一半。蒙特坐在桌前，利马斯坐在扶手椅上，半闭着眼睛。看守站在门口。

“给我点喝的。”利马斯说。

“威士忌？”

“水。”

蒙特拿起一只玻璃瓶，到角落里的洗脸龙头那儿装满水，连同一只杯子，一起放在利马斯面前的桌上。

“给他弄点吃的。”他命令道。一名看守离开房间，拿来一碗汤和一些香肠片。他边吃边喝，他们都默默地看着。

“菲德勒呢？”利马斯终于开口问道。

“被捕了。”蒙特直接说。

“为什么？”

“阴谋危害人民安全。”

利马斯缓缓点点头。“看来你赢了，”他说，“你什么时候逮捕他的？”

“昨晚。”

利马斯停顿了一会儿，努力将注意力再次集中到蒙特身上。

“那我呢？”他问。

“你是证人。你自己以后当然也会受审。”

“所以我是伦敦陷害蒙特计划的一部分，是不是？”

蒙特点点头，点了根香烟，递给一名哨兵，让他给利马斯。“没错。”他说。哨兵走过来，不情不愿地把香烟放到利马斯嘴里。

“一个非常复杂的行动。”利马斯说。随后，他又傻傻地加了一句：“聪明的家伙啊，这些中国人。”

蒙特没说话。随着谈话继续，利马斯慢慢习惯了他不时的沉默。蒙特的声音挺好听，这一点利马斯事先可没想到，但他不怎么说话。也许这是蒙特罕见自信的一个表现：除非特别有话要说，否则绝不轻易开口，与其说些无聊的闲话，倒不如长时间保持沉默。在这一点上，他和专业审讯者不同，他们强调积极主动，努力营造氛围，充分利用囚犯对审讯者的心理依赖。蒙特鄙视技巧，他是个讲事实、重行动的人。利马斯喜欢这一点。

蒙特的外表和他的性格完全吻合。他看起来像个运动员。浅色的头发理得很短，没有光泽但干净利落。年轻的脸上有简洁硬朗的线条，没有幽默或浪漫的痕迹，却有一种令人生畏的直率。他看上去年轻，却绝不稚嫩，年纪大的人一定会认真对待他。他身材匀称，那身衣服很合身，因为他的身材穿什么都好。看着眼前的蒙特，利马斯能毫不费力地想起他是个杀手。他身上有一种冷酷，一种我行我素、自行其是的气质，为他开展谋杀提供了最好的条件。蒙特是个硬手。

“如果有必要，你还会接受另外一项指控，”蒙特低声说，“谋杀。”

“这么说，那名哨兵死了，是吗？”利马斯回答。

他头部突然传来一阵剧烈的疼痛。

蒙特点点头。“不过，”他说，“你的间谍罪还没落实。我提出，菲德勒的案子要公开审理。常委会也是这个意思。”

“所以你要我的供词？”

“对。”

“换句话说，你目前还没有证据。”

“我们会有证据。也会有你的供词。”蒙特的声音中没有威胁。没有装腔作势，没有任何戏剧性。

“另一方面，你有减轻罪行的机会。你被英国情报部门勒索。他们指责你偷了钱，又逼迫你参与一个坑害你自己的复仇计划。这样的诉求，法庭会考虑的。”

利马斯似乎吃了一惊。

“你怎么知道他们指责我偷了钱？”但蒙特没回答。

“菲德勒非常愚蠢，”蒙特说，“我读了我们的朋友彼得斯的报告，就知道为什么派你来，我也知道菲德勒会落入陷阱。他很恨我。”蒙特点点头，好像在强调自己说得对，“这一点你们当然都知道。这是个非常聪明的计划。谁设计的，告诉我。是史迈利吗？是他设计的吗？”利马斯什么也没说。

“你看，我要看菲德勒对你的审讯报告。我让他把报告交给我。他一直拖延，我就知道我的推测是对的。昨天，他把报告交给了各常委会委员，却没给我发送一份。伦敦有人非常聪明啊。”

利马斯没说话。

“你上一次见史迈利是什么时候？”蒙特随口问道。利马斯犹豫了一下，还是有些迷糊。他的头疼得厉害。

“你上一次见他是什么时候？”蒙特又问。

“我不记得，”利马斯终于说道，“他已经不在圈子里了。有时候会来一下。”

“他是彼得·吉勒姆的好朋友，是不是？”

“我想是吧，是的。”

“你认为吉勒姆在研究德意志民主共和国的经济情况。那是你们情报系统里一个奇怪的小部门，你不太确定他们究竟是干什么的。”

“对。”他的脑袋一阵阵剧痛，听觉和视觉都混到了一起。他的眼睛又胀又疼。他觉得自己病了。

“嗯，你上一次见到史迈利是什么时候？”

“我不记得了……我不记得了。”

蒙特摇摇头。

“你记忆力很好——能用来陷害我的事情，你全都记得。最近一次见某人，是什么时候，我们都能记得。你是从柏林回去以后见到他的吗？”

“对，我想是的。我碰到他了……有一次，是在伦敦，在圆场。”利马斯闭上了眼睛，他出汗了。“我没法继续了，蒙特……坚持不下去了，蒙特。我生病了。”他说。

“艾什找上你之后，他一脚踏进为他设好的陷阱之后，你们一起吃了午饭，是不是？”

“对。一起吃午饭。”

“午饭四点左右才结束。之后你去了哪里？”

“去了商业区吧，我想。我记不清楚了……天哪，蒙特。”他一只手扶住了脑袋，“我没法继续了。我的头都……”

“之后呢，你又去了哪里？你为什么要甩掉跟踪的人，为什么那么急着把跟踪的人甩掉？”

利马斯没说话。他大口大口地喘着气，双手捂着脑袋。

“回答这一个问题，然后你就可以走了。你会有床。如果愿意，你可以睡觉。否则你就必须回到牢房，你明白吗？你会被绑起来，在地板上吃东西，像动物一样，你明白吗？告诉我你去了哪里。”

他脑袋里那疯狂的跳动突然加剧，整个房间都旋转起来。他听见周围有人说话，还有脚步的声音。什么东西在他面前无声地飘来飘去，状如幽灵。有人在喊叫，但不是冲他喊。门开了，他确定有人开了门。房间里全是人，都在叫喊，然后他们就走了，有一些走了，他听见他们列队离开，整齐的脚步声像他脑袋里的跳动。回声渐远，一片寂静。突然，如同上天垂怜，有人将一块湿布放在他额头上，接着几双仁慈的手把他抬走了。

醒来时，他躺在医院的床上。床边站着一个人，正在抽烟，却是菲德勒。

-18-

菲德勒

利马斯打量着周围。铺着床单的床。单人病房，窗户上没有铁条，只有窗帘和磨砂玻璃。淡绿色的墙，地上铺着深绿色的地毡。菲德勒抽着烟，看着他。

一名护士拿来了食物：一个鸡蛋、一份清汤和一些水果。他感觉糟糕透顶，但他觉得还是应该吃东西。于是他吃了，菲德勒在一旁看着。

“你感觉怎么样？”他问。

“一塌糊涂。”利马斯回答。

“但是比之前好？”

“我想是吧。”他犹豫了一下，又说，“那些混账打了我一顿。”

“你打死了一名哨兵，这你知道吧？”

“我想我……他们搞出那种愚蠢的行动，还能指望别人怎么样。为什么不把我们俩一起抓起来？为什么把灯都关掉？要说哪个行动组织过了头，这次就是。”

“恐怕我们这个民族都有点过度组织的倾向。外国人觉得我们是效率高。”

又沉默了一会儿。

“你出什么事啦？”利马斯问。

“哦，我也接受了严厉的审讯。”

“蒙特的手下？”

“蒙特的手下，还有蒙特自己。真是非常奇特的感受！”

“你倒说得有意思。”

“不，不，我不是说肉体上。肉体上，那是场噩梦，但你看哪，蒙特对揍我有特别的兴趣。招供是另外一回事。”

“因为你胡编乱造了一个故事，说他——”

“因为我是个犹太人。”

“噢，天哪。”利马斯低声说。

“所以我才享受了特别待遇。他一直在我耳边低声说话。那感觉非常奇怪。”

“他说什么呢？”

菲德勒没回答。最后，他喃喃地说：

“都结束了。”

“为什么？发生什么事了？”

“我们被捕那一天，我向常委会申请，以危害人民的罪名逮捕蒙特。”

“你这是疯了——我早跟你说过。你简直是发了疯，菲德勒！他绝对不会——”

“除了你之外，还有其他针对他的材料。过去三年，我慢慢搜集了一些，一条一条搜集。你提供了我们需要的证据，就是这样。事情一弄清楚，我就写了报告，交给了常委会所有委员，除了蒙特。我申请逮捕令的当天，他们都收到了报告。”

“也就是我们被捕的那天。”

“对。我知道蒙特会反击。我知道他在常委会里有朋友，至少有讨好他的，因为怕他，所以一收到我的报告，就立即跑去通风报信。我也知道，最终他还是会输。他们手上有了干掉他的武器，他们有了报告。在我们俩被审讯的那几天里，他们反复阅读了报告，知道里面的内容是真的，也知道其他委员都知道了。最后，他们采取了行动。共同的恐惧、共同的弱点和共同的情报，让他们聚拢抱团，共同对付蒙特，并且下令由特别法庭审判。”

“特别法庭？”

“当然是秘密的。明天开庭。蒙特已经被捕了。”

“你说的其他证据是什么？你已经搜集了的证据。”

“等着瞧吧，”菲德勒笑着回答，“明天你就知道了。”

菲德勒沉默了一会儿，看着利马斯吃东西。

“这个特别法庭，”利马斯问，“是怎么组织的呢？”

“那就要看主席了。这不是人民法庭——这一点一定要记住。更像是质询——就是一个质询委员会，由常委会派人就某些……公民进行调查汇报。报告中会提出处理建议。像这种案子，建议也就是裁决，不过是不公开的，也算作常委会会议内容的一部分。”

“具体是怎么操作的呢？有辩护人和审判员吗？”

“有三名审判员，”菲德勒说，“实际上也算有辩护人。明天，我本人将指控蒙特，卡登将为他辩护。”

“卡登是谁？”

菲德勒犹豫了一下。

“一个非常顽强的人，”他说，“长得像个乡下的医生，个子小，慈眉善目的。在布痕瓦尔德集中营里待过。”

“蒙特为什么不能为自己辩护？”

“他自己希望这样。据说卡登要传唤一名证人。”

利马斯耸耸肩膀。

“那是你的事。”他说。又沉默了一会儿。最后，菲德勒若有所思地说：

“如果他收拾我，是因为我个人，是因为他仇恨我或者妒忌我，我也不会在乎的——我觉得不会，至少不会那么在乎。这你能理解吗？那漫长的、无止境的痛苦，而整个过程中，你不停地对自己说：‘要么晕过去，要么咬牙熬过这痛苦——都交给肉体吧。’可那痛苦还是越来越强烈，就像小提琴手在爬 E 调音阶。你以为已经很高，没法再上去了——可那疼痛呢，还是不停地往上长，肉体唯一能做的，就是将你从一个音带到另一个音，像给耳聋的孩子练习听力。而在整个过程中，他一直在耳边低声说犹太佬……犹太佬。如果他收拾我是为了信念，或者是为了党，如果你愿意这么说的话，或者是因为他恨我**个人**，我都可以理解，我相信我可以。但都不是，他恨的是……”

“好啦，”利马斯直接说道，“你早该知道。他就不是个东西。”

“对啊，”菲德勒说，“不是东西。”他似乎激动起来。他想要向别人炫耀一下，利马斯心想。

“当时我经常想起你，”菲德勒又说，“我想起了我们的谈话——还记得吗——关于动力系统的。”

“什么动力系统？”

菲德勒笑了。“抱歉，这是字面的翻译。我的意思是动力、精神、冲动。基督徒可能还有别的说法。”

“我不是基督徒。”

菲德勒耸耸肩。“你知道我的意思。”他又笑了笑，“让你尴尬的那件事……我换个说法吧。假如蒙特是对的。他要我坦白，你知道。要我老实交代，说我和英国间谍合作，要设计杀掉他。你明白这个逻辑吧——说整个行动都是英国情报部门策划的，就是为了引诱我们——或者说就是我吧——干掉总局里最优秀的人。调转枪头对付自己。”

“这话他也在我身上试过，”利马斯漫不经心地说。随后又补充道，“好像这一大堆故事，都是我编出来的一样。”

“可我的意思是：假如是你编的，假如真是这样——我这是举例，你明白吧，是假设——那你会不会杀人，杀一个无辜的人——”

“蒙特自己就杀过人。”

“假如他没有。假如他们要干掉的是我，伦敦会这么做吗？”

“那要看情况……看有没有这个需要……”

“啊，”菲德勒满足地说，“看有没有这个需要。真像斯大林。交通事故和统计数字。那真让人宽慰。”

“为什么？”

“你该睡一会儿，”菲德勒说，“想吃什么就说。你点什么，他们都会送来。明天你可以发言。”走到门边时，他回头看了一眼，说道：“我们都是一样的，你知道吗，这才是好笑的地方。”

利马斯很快睡着了。想到菲德勒是他的盟友，而且很快他们就要将蒙特送上断头台，他心里感到很满足。毕竟，这样的结果，他已经期待很久了。

-19-

支部会议

丽兹在莱比锡很开心。她喜欢简朴的生活——这能让她从奉献中感到慰藉。她住的那幢小房子阴暗简陋，食物贫乏，大部分还要给孩子。吃饭的时候，她和艾伯特女士总要谈论政治，艾伯特女士是莱比锡霍恩格伦区的支部书记。她个头不高，头发花白，丈夫在市郊管理一家采石场。这就像生活在一个宗教团体，丽兹心想，修道院或集体农场之类的。你觉得因为你饿肚子，所以世界变得更好了。丽兹懂点儿德语，是以前从姨妈那里学的，现在她很快就能用德语交流，让她自己也感到意外。她先找孩子们试，结果他们都笑了，还帮她改正。一开始，孩子们对她的态度很奇怪，好像她是个品格高尚的大人物，或者有什么特别的价值。到了第三天，其中一个大着胆子，问她有没有从 drüben 带巧克力来，drüben 就是“那边”。

她从没想过带巧克力，觉得很不好意思。从那以后，他们似乎就把她忘了。

晚上有“党务”工作。她们要分发材料，走访拖欠党费和不积极参加会议的支部党员，还去过一次区委，参加关于“农产品集中分配相关问题”的讨论，所有当地的支部书记都去了，另外还到郊区一家机床厂参加了一次“工人协商委员会”的会议。

第四天是个星期四，她们自己的支部会议终于召开了。至少对丽兹来说，这将是最令人激动的体验，会成为她自己的贝斯沃特支部今后学习的榜样。她们为晚上的讨论取了一个非常好的题目：“两次战争后的共存”，预计参加人数会打破纪录。整个区都通知到了，她们还额外留意，保证当天晚上附近没有其他会议抢夺听众。而且那天也不是商店延迟打烊的日子。

来了七个人。

七名听众，加上丽兹、支部书记和区委派来的一个人。丽兹强打精神，但心里非常难过。她几乎无法专心听讲，等她集中精神听讲时，却发现演讲者用的是很长的复杂句，她根本听不懂。这和贝斯沃特的会议没有区别，就像她以前上教堂时，工作日晚上做的晚祷。同样只有几个恪尽职守却满脸迷茫的人，同样紧张不安、手足无措，同样感觉伟大的理念掌握在渺小的人手中。她总是有同样的感觉——这太可怕了，真的，但这是真实的感受——她反倒希望谁也不来，那样反而干脆，表明他们受到了迫害和羞辱，你就可以采取行动进行回应。

然而，七个人呢，什么也不是，甚至更加糟糕，说明群众不以为然、难以发动。七个人，只会让你伤心。

房间比贝斯沃特的教室好，但连这也谈不上是安慰。在贝斯沃特，找房间一直是个乐趣。早期，他们不能说自己是党员，要假装是别的群体。他们借用过各酒吧的后室、阿德纳咖啡馆的会议室，或者在各个成员的家里秘密开会。后来中学老师比尔·黑兹尔加入了支部，他们便借用他的教室。连那也是有风险的——校长以为他在组织戏剧社团，所以理论上讲，他们仍有被赶出去的可能。尽管如此，那似乎也比这里的“和平会堂”更加合适，会堂是用预制混凝土建成的，墙角都开裂了，墙上挂着列宁的头像。他们为什么要在头像周围搞个相框一样的傻东西呢？相框的四个角上都伸出一丛风琴管，上面的装饰彩旗上积满了灰。看起来像是法西斯葬礼上的陈设。有时候她想，亚历克是对的——你相信，是因为你需要；你所相信的东西本身没有价值、没有功能。他怎么说的来着？“狗哪里痒哪里挠，不同的狗，痒的地方不一样。”不，这是错的，亚历克错了——这是邪恶的话，不能说。和平、自由、平等——这些是事实，当然是。那么历史呢——党证明过的那么多法则。不，亚历克错了：真理存在于人之外，由历史加以证明，个体得向真理弯腰，如果有必要，得让真理碾碎。党是历史的先锋队，是和平斗争的尖兵……她复习了一遍那些信条，但心里有些狐疑。她真希望来的人多一些。七个太少了。他们看起来很生气，又饿又生气。

会议结束了。丽兹等着艾伯特女士收拾好门边那张沉重的桌子上没有卖出去的材料，填好参会人员记录表，穿上外套，因为当天晚上很冷。演讲者在大家开始讨论之前就已经走了——丽兹觉得这很不礼貌。艾伯特女士站在门边，一只手放在灯的开关上，这时一个人从黑暗中出现了，站在门口。乍一看，丽兹还以为那是艾什。他身材高，皮肤白，穿一件有皮纽扣的那种防雨外套。

“艾伯特同志？”他问道。

“什么事？”

“我要找一位英国的同志，名叫戈尔德。她和你住在一起？”

“我就是伊丽莎白·戈尔德。”丽兹接过话头。那人走进会堂，随手关上了门，这样他的脸就全部显露在灯光之下。

“我叫霍尔滕，区里来的。”他把一份文件递给仍站在门边的艾伯特女士，她点点头，冲丽兹这边担心地望了一眼。

“我受中央常委会委托，给戈尔德同志带个消息，”他说，“这要改变你的交流计划。你受邀参加一个特别会议。”

“哦。”丽兹不知所措地说。常委会竟然知道她这个人，真是不可思议。

“这是个姿态，”霍尔滕说，“一个友好的姿态。”

“可是我……可是，艾伯特女士……”丽兹无助地说。

“我敢肯定，在这种情况下，艾伯特女士一定会谅解的。”

“那是当然。”艾伯特女士马上说。

“会议在哪里开？”

“需要你今晚就动身，”霍尔滕回答，“我们要走不少路。格尔利茨附近。”

“格尔利茨……在哪里啊？”

“东边，”艾伯特女士马上说，“在波兰边境。”

“我们现在可以开车送你回去。你收拾一下东西，然后我们立即出发。”

“今晚？现在？”

“对。”看霍尔滕的意思，丽兹似乎没什么选择。

一辆很大的黑色汽车在等着他们。驾驶座上有司机，引擎盖上有旗杆。看起来很像一辆军车。

-20-

特别法庭

法庭大小和一间教室差不多。一端只摆放着五六条长凳，坐着卫兵、狱卒以及零零散散的观众——常委会的成员和特别挑选的官员。法庭另一端是三位审判员，坐在高背靠椅上，面前有一张没有抛光的橡木桌。他们头顶上方，悬着一个用胶合板制成的大红星，用三股铁丝吊在天花板上。法庭的墙壁是白色的，和利马斯的牢房一样。

桌子前方两侧各有一把椅子，朝内放着，两个人面对面坐在那儿。一个是中年人，大约六十岁，穿着黑色西装，系着灰色领带，就是德国乡村人上教堂时系的那种。另一个人是菲德勒。

利马斯坐在后面，两边各站着一名卫兵。透过观众脑袋间的缝隙，他能看到蒙特。他被警察围着，浅黄色的头发理得很短，宽阔的肩膀上是熟悉的灰色囚服。利马斯自己能穿平常的衣服，蒙特却要穿囚服，这在利马斯看来，是以奇特的方式体现了法庭的气氛——或者菲德勒的影响力。

利马斯坐下后不久，坐在桌子中间位置的法庭主席便敲了铃。利马斯循着声音望过去，心里顿时生起一股凉意，因为他发现，主席是个女人。之前他没注意到，但这也不能怪他。她五十多岁，眼睛小而黑，和男人一样留着短发，穿着一件苏联家庭主妇们喜欢的那种实用的黑色无袖宽松外套。她目光犀利地环视了一下房间，点头示意卫兵关门，然后没有多话，立即进入正题。

“各位知道我们今天在此的目的。请记住，庭审过程是保密的。这是特别法庭，由常委会明令召开。我们只对常委会负责。我们将以我们认为适当的方式听取证词。”她朝菲德勒这边随手一指，“菲德勒同志，请你开始。”

菲德勒站起身。他冲着桌子那边略微点点头，从身边的手提箱里拿出一捆文件，文件一角用一根黑色的绳子穿着。

他的声音轻柔而流畅，带着一种利马斯从没见过的内敛。利马斯认为他表演得很好，完全符合一个难过地将上级送上断头台的人物角色。

“如果你们还不知道，那我先说明一下，”菲德勒开口说道，“常委会收到我关于蒙特同志相关活动报告的当天，我和投诚间谍利马斯都被捕了。我们两人都被关进了监狱，我们两人……在极端压力之下，都被要求承认，整个指控是一个法西斯式的阴谋，旨在陷害一位忠诚的同志。

“从我已经提交的报告中，你们能看到，利马斯如何引起了我的注意。是我们自己找到他，引导他投诚，最后把他带到了民主德国。到现在，利马斯仍然拒绝相信蒙特是英国间谍，原因我稍后再说，没有什么比这一点更能证明他的客观了。认为利马斯是英国安插进来的内线，简直是无稽之谈。整个行动是我们发起的，利马斯所提供的零散的关键证据，只是过去三年内一系列线索中的最后一环。

“本案的书面报告就在各位面前。我只需要对你们已经知道的事实进行一些解释。

“蒙特同志所受的指控是，他是一个帝国主义国家的间谍。我本来还可以提出其他指控——他给英国秘密情报机构提供信息，他无意中将自己的部门变成了一个资产阶级国家的奴仆，他有意为反党复仇小组提供庇护，并因此收取了外国的大额酬金。但是，这些指控都以第一条指控为前提：汉斯-迪特尔·

蒙特是一个帝国主义国家的间谍。这一罪行当判处死刑。这是我们的刑法中最为严重的罪行，将我们的国家置于最大的危险之中，也最该我党各部门警惕。”说到这儿，他放下了手中的文件。

“蒙特同志现年四十二岁，现任人民保卫部副部长，未婚。他一向被认为能力超群，不知疲倦地谋求党的利益，不惜代价地保护党的利益。

“请允许我介绍一下他工作中的一些细节。他二十八岁进入人民保卫部工作，接受了常规的训练。实习期结束后，他到斯堪的纳维亚各国执行特别任务——主要是挪威、瑞典和芬兰。他在那儿成功地搭建了一个情报网络，打入了敌人的阵营，同法西斯鼓吹者作斗争。他出色地完成了这项任务，当时他仍然是部里一名勤奋工作的员工，没有任何理由表明他已经变节。但是，同志们，你们不能忘记他早期与斯堪的纳维亚地区的联系。蒙特同志战后不久建立的情报网络，多年以后成了他的借口，让他打着工作的幌子，前往芬兰和挪威，从外国银行取出数千美元，那是他背叛国家的酬金。不要搞错，蒙特同志并不是受到了否认社会主义历史观的人的蛊惑。他的动机先是胆怯、懦弱，最后是贪婪。他的梦想就是获取巨额财富。讽刺的是，正是满足他金钱欲望的那个复杂系统，让他在正义之士面前露出了马脚。”

菲德勒停了一下，他环视四周，眼睛里突然露出狂热的神情。利马斯着迷地看着。

“还有一些国家的敌人，”他喊道，“正犯下丑恶的罪行，在夜晚的黑暗中鬼鬼祟祟，干着见不得人的勾当。让他们以此为戒吧！”房间后面为数不多的观众，开始配合着低语起来。

“他们要出卖人民的血汗，但他们一定逃不过人民雪亮的眼睛！”看菲德勒说话的样子，似乎面前是山呼海啸的人群，而不是聚集在一间白墙小屋里的一小撮官员和卫兵。

这一刻利马斯意识到，菲德勒是要确保万无一失。特别法庭的整体氛围、现场的检察官和证人，在政治上都必须无可挑剔。这种案子，随后都有反诉的风险，这一点菲德勒肯定知道，所以才以这种方式自保。他的坚定立场将会记录在案，任何人没点胆子都不敢贸然发起挑战。

菲德勒打开了面前桌上的文件。

“1956 年底，蒙特同志以东德钢铁代表团成员的身份被派往伦敦。他另外还有特殊任务，即对流亡人士采取反颠覆措施。在工作中，他曾面临重大危险——这一点毋庸置疑——而且也取得了很有价值的成果。”

利马斯的注意力再次被吸引到正中央桌子后面的那三个人身上。主席左边那个人比较年轻，肤色较黑，眼睛似乎半睁半闭。他的头发又直又稀，乱糟糟的，面色发灰，似乎营养不良，像个苦行僧。他双手细长，不停地拨弄着面前那堆卷宗的边角。利马斯觉得他是蒙特的人，但他也说不出原因。主席另一边的那个人年纪略大一些，开始有些秃顶，面容和善开朗。利马斯心想，他看起来像个糊涂蛋。他猜，在决定蒙特命运的时刻，那个年轻人会为他辩护，那个女人会认定他有罪。他认为另外那个人会因为大家意见分歧而感到尴尬，并选择站到主席那边。

菲德勒又接着说：

“在伦敦工作后期，他开始招募间谍。我前面说过，他的工作面临重大危险。在此过程中，他被英国秘密警察盯上，他们发出了逮捕令。蒙特没有外交豁免权，英国是北约国，不承认我国的主权，所以他只能躲藏起来。各出境口岸被监控，他的照片和个人信息在英国全境公布。然而，躲了两天之后，蒙特同志乘坐一辆出租车到了伦敦机场，飞到了柏林。‘优秀。’你可能会说，的确优秀。整个英国的警察部门都收到了通知，公路、铁路、轮船、飞机都在不间断的监控之下，而蒙特同志却在伦敦机场上了飞机。的确优秀。同志们，事后看来，也许你会觉得，蒙特逃离英国也有点过于优秀、过于方便了，没有英国当局的默许，那根本就不可能！”房间后面又传来低语声，与上次相比，这次更像是自发的。

“真相是这样的：蒙特被英国人抓住了，在一次简短却意义深远的面谈中，他们让他做那个标准的选择题。是要终结辉煌的事业，在一家帝国主义的监狱里待上几十年；还是要在众人惊讶的目光中，戏剧性地回到祖国，在大好的事业中更上一层楼？当然，要想回国，英国人是有条件的，那就是为他们提供情报，而且他们会支付巨额酬金。前有胡萝卜，后有大棒，于是蒙特被他们招募了。

“现在，让蒙特在事业上进一步发展，就符合英国的利益了。蒙特成功地清除了西方情报系统中的一些普通间谍，但我们还不能证明，这是因为他的西方幕后老板出卖了自己人——可以牺牲掉的那些人——以进一步提高蒙特的声望。这一点我们不能证明，但根据现有证据，可以做合理推测。

“1960年，蒙特同志成为总局反间谍处处长。此后，我们从世界各地收集到的信息都表明，我们的队伍中有一名职位很高的间谍。你们都知道，卡尔·里梅克是间谍。他被清除以后，我们也以为邪恶势力被连根拔除了。但各种传闻仍然没有平息。

“1960年底，我们以前的一位情报人员，在黎巴嫩接触了一位和英国情报机构有联系的英国人。这位情报人员以前在我们总局的两个处室工作过，他要把那两个处室的详细情况提供给那位英国人——但我们不久后就发现了。他的提议被发送到伦敦之后，竟然被拒绝了。这是一件非常奇怪的事情。唯一的解释是，他要提供的情报，英国人已经有了，而且是实时更新的。

“六十年代中期，我们的情报员开始以令人吃惊的速度损失。经常派出后才几个星期就被捕了。有时候敌人还试图策反我们的情报人员，但这种情况不常见。好像他们兴趣不大。

“后来——应该是1961年初，如果我记得没错——我们有了点儿运气。具体方法我就不描述了，但我们获得了英国情报机构所掌握的关于我们总局的情报概要。他们掌握的情况全面、准确，而且都是最新的，令人难以置信。当然，我给蒙特看了——他是我的上级。他对我说，他不觉得惊讶，他手头正在进行一些调查，让我不要采取行动，以免打草惊蛇。我承认，那一刻我大脑里的确闪过一个朦胧而离奇的想法：这些信息，会不会是蒙特自己提供的？还有其他一些线索……

“反间谍处的处长竟会从事间谍活动，大家根本不可能想到，这一点无需我多言。这个念头本身就惊世骇俗、难以想象，谁都不会去多想，更不要说公开了。我坦白，我自己也犯了错误，迟迟不愿意进行那看似异想天开的推理。这是错误的。

“但是，同志们，最终的证据已经掌握在我们手中。我提议现在传唤证人。”他转过身，朝房间后面扫了一眼，“把利马斯带过来。”

利马斯两边的卫兵站起身来。利马斯从座位上慢慢挤出去，顺着房间中央不足两英尺宽的临时过道往前走。一名卫兵示意他站到面对桌子的地方。菲德勒站的地方，离他不到六英尺。主席先对他说话。

“证人，你叫什么名字？”她问。

“亚历克·利马斯。”

“年龄？”

“五十。”

"结婚了吗？"

"没有。"

"但你以前结过婚。"

"现在单身。"

"你的职业？"

"助理图书馆员。"

菲德勒愤怒地打断了他。"但你以前是给英国情报部门工作的，难道不是吗？"他厉声说。

"是的。一年前离职了。"

"特别法庭读过你的审讯报告，"菲德勒继续说道，"我要你再跟法庭说一遍，去年5月你和彼得·吉勒姆都谈了什么。"

"你是说我们谈论的关于蒙特的事情？"

"对。"

"我跟你说过。我在圆场，就是伦敦的办公室，我们的总部在剑桥圆场。我在走廊里碰到了彼得。我知道他参与了费南的案子，就问他乔治·史迈利怎么样了。后来我们就谈到了迪特尔·弗雷，他死了。又谈到了蒙特，他和这事有关。当时这个案子实际上是由马斯顿负责的，彼得说，他认为马斯顿不希望蒙特被抓住。"

“这你怎么解释？”菲德勒说。

“我知道马斯顿把费南的案子搞得一团糟。我想，他是不希望蒙特出现在法庭上，把什么都抖出来。”

“如果蒙特被抓住，会上法庭受审吗？”主席问了一句。

“那要看是谁抓的。如果是警察，他们就会向内政部汇报。那任何人都无法阻止他出庭受审了。”

“如果你的机构先抓到呢？”菲德勒问。

“噢，那就是另外一回事了。我想，他们要么先审问他，然后想办法用他来交换被你们关押的英国犯人；要么就送他一张票。”

“那是什么意思？”

“让他消失。”

“清除他吗？”现在，所有问题都是菲德勒在问，特别法庭的几位成员正在面前的文件上奋笔疾书。

“我不知道他们怎么做。从来没参与过那种事情。”

“难道他们不会策反他，让他当英国的间谍吗？”

“会，但他们没有成功。”

“这你是怎么知道的？”

“噢，天哪，我都跟你说过多少遍了。我他妈的又不是谁都可以随便要的猴子……我当了四年的柏林站负责人。如果蒙特成了自己人，我肯定会知道啊。想不知道都难。”

“那倒也是。”

菲德勒似乎对这个答案很满意，但他知道，法庭上的其他人还不满意，于是他又将话题转到“滚石”行动上。他又让利马斯重述了一遍文件流转的特殊保密程序，给哥本哈根和赫尔辛基的银行写的信，以及利马斯收到的唯一回信。然后，他对着法庭说：

“我们没收到赫尔辛基的回信。我不知道为什么。不过，请允许我为各位总结一下要点。利马斯于6月15日在哥本哈根存了钱。你们的卷宗里有一份皇家斯堪的纳维亚银行给罗伯特·兰恩去信的复印件。罗伯特·兰恩就是利马斯到哥本哈根开设存款账户时用的名字。根据那封信（即卷宗中的编号12），你们能看到，一个星期以后，账户的联署人就取走了所有的存款——共一万美元。”蒙特坐在前排一动不动，菲德勒用脑袋向那边示意了一下，接着说，“我想大家都知道，被告6月21日在哥本哈根，名义上是代表总局执行秘密任务。”他停了一下，又继续往下说。

“利马斯前往赫尔辛基——这是他第二次出国存钱——是9

月 24 日。”他提高了声音，转身直接看着蒙特，“10 月 3 日，蒙特同志秘密前往芬兰——同样名义上还是为总局办事。”大家都沉默了。菲德勒缓缓转过身，再次面对着法庭。他压低了声音，语气里却含着威胁。

“你们是不是认为，这些证据都是巧合？那让我再提醒各位一件事。”他转过脸，对着利马斯。

“证人，你在柏林活动期间，认识了卡尔·里梅克，当时的统一社会党常委会秘书。你们的关系是什么性质？”

“他是我的间谍，后来被蒙特的人杀了。”

“没错，被蒙特的人杀了。有好几名间谍还没来得及审问，就被蒙特同志彻底清除了，他是其中一名。不过，在他被蒙特的人杀掉之前，他是英国情报部门的间谍？”

利马斯点点头。

“你描述一下里梅克与那个你叫做老大的人之间的会面情况。”

“老大从伦敦到柏林来看卡尔。我想卡尔是我们最有价值的一位间谍，所以老大想见他。”

菲德勒插了一句：“也是你们最信任的？”

“对，没错，最信任的。伦敦很喜欢卡尔，他不会犯任何错误。老大来了以后，我安排卡尔到我的公寓，我们三个人一起吃了饭。其实我不太喜欢卡尔到我那儿去，但这话我不能跟老大说。这很难解释，不过伦敦有自己的想法，他们和下面脱节，所以我特别害怕他们找个理由接管卡尔——这种事他们是能干出来的。”

“那么你安排了你们三个见面，”菲德勒不客气地插话，“后来呢？”

“老大提前就告诉我，说要单独和卡尔谈一刻钟，所以晚上我就假装家里没了威士忌。我离开公寓，到德·扬那里去了。我在他那儿喝了几杯，借了一瓶酒，然后就回去了。”

“他们怎么样？”

“什么意思？”

“你回去的时候，老大和里梅克还在谈话吗？谈什么内容呢？”

“我回去的时候，他们没有谈话。”

“谢谢。你可以坐下了。”

利马斯回到房间后排的座位上。菲德勒转身面对着三位审判员，说道：

“我想先说说被杀死的间谍里梅克——卡尔·里梅克。你们面前有一张清单，列出了里梅克在柏林交给亚历克·利马斯的所有情报，是根据利马斯的回忆整理的。这是一份可怕的卖国纪录。让我为大家总结一下。整个总局所有人员和工作的详细情况，都被里梅克告诉了他的主子。如果利马斯的话可信的话，他还能描述我们最机密的工作安排。作为常委会秘书，他提供了我们最机密的会议纪要。

"那对他当然很容易，每次会议的纪要都是他自己编写的。但是，里梅克能接触总局的秘密事务，却是另外一回事。1959年底，是谁让里梅克进入保护人民工作协调委员会的？那是常委会一个非常重要的分委员会，协调和讨论我们所有安全部门的事务。是谁提议给予里梅克接触总局档案的特权？你们还记得，蒙特是1959年从英国回来的。从那以后，又是谁在里梅克事业的每个阶段，对他特别关照，让他担任责任重大的职位？让我来告诉你们，"菲德勒宣布道，"就是拥有特殊身份隐藏其间谍活动的那个人——汉斯-迪特尔·蒙特。让我们回忆一下，里梅克是怎么联络柏林的西方情报机构的——怎么在野营的地方找到德·扬的车，把胶片放进车里。里梅克未卜先知，你们不觉得惊讶吗？他怎么会知道在哪一天、到什么地方去找那辆车？里梅克自己没有车，不可能从德·扬在西柏林的住处一直跟踪。他只有一个渠道获取这个信息——我们自己的安全警察，德·扬的车一过边境检查站，他们就会遵循惯例汇报他的行踪。蒙特能接触这一信息，并且告诉了里梅克。这就是对汉斯-迪特尔·蒙特的指控——我告诉各位，里梅克就是他的手下，是蒙特和他帝国主义主子之间的联络人！”

菲德勒停了一下，然后平静地补充道：

“蒙特——里梅克——利马斯：这就是联络线。全世界情报工作的一个原则是，尽最大可能不要让联络线上的人知道其他人的存在。利马斯坚持认为，他对蒙特的罪行一无所知，这就对了。只能说明他伦敦主子们的安全工作做得好。

“各位已经知道，所谓的‘滚石’行动是在特别保密的情况下展开的，利马斯隐约知道有个情报部门，由彼得·吉勒姆负责，据说与我们共和国的经济情况有关——奇怪的是，这个部门却在‘滚石’行动的文件抄送名单上。请允许我提醒一下，调查蒙特在英活动的几位英国安全官员中，就有这位彼得·吉勒姆。”

年轻一点的那位审判员拿起铅笔，用那冷酷、犀利的眼神看着菲德勒，问道：

“既然里梅克是他的间谍，蒙特为什么要清除他？”

“他别无选择。里梅克被怀疑了。他的情妇行事鲁莽、喜爱吹嘘，把他暴露了。蒙特下令将他当场击毙，又传话让里梅克跑路，这样被里梅克出卖的风险就消除了。后来，蒙特还暗杀了那个女人。

“我来推测一下蒙特的策略。1959 年他回到德国以后，英国情报部门玩了个守株待兔的游戏。蒙特是否愿意与他们合作，还有待证明，于是他们给他下了指令，然后等着。他们愿意先付钱，把事情往好处想。那时候，蒙特不是我们情报部门的高级官员，在党内也不是，但他能看到很多情况，并开始向伦敦汇报。当然，他和主子的交流，是没有其他人协助的。我们只能假设，西柏林有人和他接头，他短期到斯堪的纳维亚等地出差时，有人与他接触、见面。英国人一开始肯定很小心，换作谁都会小心。他们会根据已经掌握的情报，仔细比对他提供的情报，因为他们担心他成为双面间谍。但是，久而久之，他们知道这回挖到了金矿。蒙特开始以他著名的缜密和高效，积极从事叛国活动。开头几个月，他们不敢围绕蒙特建立情报网络，这是我的猜测，但是，同志们，我的猜测依据的是我多年的工作经验和利马斯的证据。他们让他当一匹孤狼，为他提供方便、付钱、发指令，都绕开柏林分站。他们在伦敦建了一个秘密的小部门，由吉勒姆负责，因为在伦敦策反蒙特的就是吉勒姆。除了少数几个人之外，这个部门的功能，连情报机构内部的人都不知道。他们用一套特殊的系统给蒙特付钱，他们称之为‘滚石’。毫无疑问，蒙特提供的情报，他们会极其小心地分析。因此，你们看，这就是为什么利马斯抗议说，他根本不知道蒙特的存在，但接下来你们会看到，他不仅给蒙特付了钱，后来**实际上还通过里梅克，接受了蒙特获取的情报，并传递给伦敦**。

“1959年底，蒙特告诉他伦敦的主子们，说他在常委会里找到了一个人，能充当他和伦敦的中间人。那个人就是卡尔·里梅克。

“蒙特是怎么找到里梅克的呢？他如何认定里梅克愿意配合呢？你们要记住蒙特的独特身份。他能接触所有的安全档案，他能监听电话、检查信件、派人跟踪，他拥有对任何人进行审讯的绝对权力，还掌握他们私生活的一切细节。最重要的是，他能够瞬间平息他人的怀疑，只要将用来保护人民的武器——”菲德勒的声音气愤地颤抖着——“调转过来对付人民。”随即，他又毫不费力地恢复了之前的理性声音，继续说道：

“现在你们明白了伦敦的做法。他们仍然将蒙特的身份保密，又参与策反了里梅克，在蒙特和柏林分站之间建立了间接的联系。所以，里梅克与德·扬和利马斯的联系才很重要。利马斯提供的证据应该**这样**解释；蒙特的叛国行为应该**这样**看待。”他转身盯着蒙特的脸，喊道：

“这就是那个阴谋家，那个恐怖分子！这就是那个出卖人民权益的人！

“我的发言快结束了。只有一件事情，还需要说一下。大家都认为蒙特是忠诚而干练的人民卫士，那是因为可能泄露他秘密的人，都被他永久禁言了。他以人民的名义杀人，以掩护他的法西斯叛国行动，提升他在我们情报部门的地位。无法想象还有什么罪行比这更严重。正因为这个原因，他在卡尔·里梅克渐渐受到怀疑时尽力去保护他，而最后又下令当场击毙他。正因为这个原因，他才安排人暗杀了里梅克的情妇。你们给常委会递交裁决时，一定要考虑这个人的滔天罪行和禽兽行径。对汉斯-迪特尔·蒙特来说，判处死刑都是仁慈之举。”

-21-

证 人

主席转过脸，看着菲德勒对面那个身穿黑衣、体形瘦小的男人。

“卡登同志，你为蒙特同志辩护。你要询问证人利马斯吗？”

“对，要的，我马上就开始询问。”他一边回答，一边费力地站起身，又将那金边眼镜往耳朵上推了推。他面目和善，有点儿土气，头发全白了。

“蒙特同志的观点是，”他开口说道——语气温和，语调颇为悦耳——“利马斯在撒谎，菲德勒同志要么是有意为之，要么是运气不好，陷入了一场旨在颠覆总局的阴谋，从而使得保卫我们社会主义国家的各个部门蒙受了耻辱。我们同意，卡尔·里梅克是英国间谍——这是有证据的。但我们不同意蒙特与他是一伙的，他也没有为了金钱而背叛党组织。我们认为这一指控没有客观证据，菲德勒同志醉心于权力的梦想，抛弃了理性的思维。我们认为，从柏林回到伦敦那一刻起，利马斯就在演戏。他假装快速堕落下去，开始酗酒、欠债，并在众目睽睽之下殴打店主，故意流露出反美情绪——这一切，都是为了吸引总局的注意。我们相信，英国情报部门一直在设计针对蒙特同志的旁证——通过外国银行付钱，将取钱的日期安排在蒙特同志到访某个国家期间，彼得·吉勒姆随口说的话，老大和里梅克秘密讨论什么问题，不让利马斯参与。这一切构成了一条虚假的证据链，而菲德勒同志都相信了，英国人准确地预测了他的野心。于是他就成了这个可怕阴谋的一部分，要将我们共和国警惕性最高的一位捍卫者毁掉——实际上是杀掉，因为蒙特在此接受的，是可判处死刑的审判。

“英国人设计这个孤注一掷的阴谋，不正与他们破坏、颠覆、人口贩卖的罪恶历史相吻合吗？现在柏林修筑了壁垒，遏制了西方间谍的涌入，他们还能想出别的什么办法呢？我们中了他们的诡计。往好处说，菲德勒同志犯了一个非常严重的错误；往坏处说，他是与帝国主义的间谍合谋，威胁工人阶级国家的安全，并且要残害无辜的生命。

"我们也有一名证人。"他冲法庭和善地点点头，"没错。我们也有证人。你们难道真的以为，这么长时间里，蒙特同志一直对菲德勒狂热的阴谋一无所知吗？你们真的这么以为吗？几个月前，他就发觉菲德勒的大脑出了问题。我们的人在英国接触利马斯，正是蒙特同志亲自授权的。如果他自己真牵涉其中，你们认为他会头脑发疯，去冒这么大的危险吗？

"利马斯第一次审讯的报告发送到海牙并提交常委会之后，你们认为蒙特同志会把报告扔到一边不去阅读吗？利马斯进入我们国家后，菲德勒本人开始审讯，后面便没有了审讯报告，你们认为蒙特同志如此愚钝，竟然不知道菲德勒在捣什么鬼？彼得斯从海牙发来第一批报告时，蒙特只要看看利马斯前往哥本哈根和赫尔辛基的日期，就能发现整个事情都是个阴谋——旨在搞垮蒙特的阴谋。那两个日期，的确与蒙特到访丹麦和芬兰的时间吻合：因为伦敦挑选这两个日期，就是为了这一目的。那些所谓的'早期迹象'，蒙特和菲德勒一样清楚——这一点要记住。蒙特也在寻找总局内部的某个间谍……

"所以，利马斯进入民主德国以后，蒙特便密切关注着利马斯如何想办法加深菲德勒的猜疑，抛出种种暗示，丢下拐弯抹角的线索——你们懂的，他的表演绝不会过头，绝不会刻意强调，他用心险恶但手法精细，只会在有意无意间丢下诱饵。而且，在此之前，前期的基础工作已经完成了……黎巴嫩的那个人，菲德勒提到的那次神奇的好运，两者似乎证实总局内有地位很高的间谍……

“这个局做得很漂亮。失去卡尔·里梅克给英国人带来的损失，差点儿被他们变成了重大胜利——此刻仍然有可能成为他们的重大胜利。

“就在英国人在菲德勒的帮助下，阴谋害死蒙特同志的时候，蒙特同志也采取了防范措施。

“他在伦敦进行了非常仔细的调查，掌握了利马斯在贝斯沃特双面生活的每个细节。你们看，这个计划的精细几乎超越人类的能力，而他要在其中找出人会犯的错误。他心里想的是，利马斯孤身一人在外面游荡，时间并不短，其间总有某个时候，他会违背誓言，卸下贫穷、酗酒、堕落的伪装，尤其是孤独的伪装。他会需要陪伴，也许会找个情妇；他会渴望与人交往的温暖，渴望向他人展露心中另外一个灵魂。你们看，蒙特同志是对的。利马斯，这位经验丰富、技巧纯熟的间谍，也会犯错误，一个根本的、人的错误……”他笑了笑，“你们将听取证人的证词，但要稍等片刻。证人已经在这儿，由蒙特同志安排带过来的。这是个了不起的防范措施。稍后我将传唤——这名证人。”他脸上掠过顽皮的神情，好像是说，大家要让他开这个小小的玩笑。“与此同时，请各位海涵，这位无意之中害了他人的亚历克·利马斯先生，我要问你一两个问题。”

“告诉我，”他开始提问，“你算是有钱吗？”

“别胡说了，”利马斯不客气地说，“你知道你们是怎么找上我的。”

“是的，没错，”卡登说，“那很高明。那么，我可以认为，你根本没钱？”

“可以。”

“你有可以借钱给你的朋友吗，或者直接把钱给你？帮你付欠款？”

“有的话，我就不会在这里了。”

“那你没钱？你根本想象不到，会有哪位恩主，哪位你可能都不记得了的好人，前来扶你一把……帮忙还清债务，诸如此类的事情？”

“没有。”

“谢谢。还有个问题：你认识乔治·史迈利吗？”

“当然认识。他是圆场的人。”

“现在离开了英国情报系统？”

“费南的案子以后，他就不干了。”

“啊——那个案子牵涉到蒙特。后来你见过他吗？”

“一两次。”

“你离开圆场后，还见过他吗？”

利马斯犹豫了一下。

“没有。”他说。

“他没去监狱看你？”

“没。没人看过我。”

“那在你入狱之前呢？”

“没有。”

“你离开监狱后——就是你被释放的当天——有人找上了你，一个叫做艾什的人？”

“对。”

“你和他在苏荷区吃了午饭。你们两人分开之后，你去了哪儿？”

“我不记得了。可能去了酒吧。不清楚。”

“让我来帮你回忆吧。你后来去了弗利特街，上了一辆公共汽车。后来你似乎开始绕路，坐了公共汽车、地铁和私人汽车，前往切尔西。对你这样有经验的人来说，这路走得很不专业。你还记得吗？你要愿意，我可以给你看报告，就在我这儿。”

“也许你说的对。那又怎么样？”

“乔治·史迈利住在拜沃特街，就在国王路过去，这就是我的意思。你乘坐的汽车拐上拜沃特街，我们的情报人员说，你在9号下了车。那刚好就是史迈利的房子。”

“那是胡扯，”利马斯坚定地说，“我觉得我是去了‘八个铃铛’，那是我最喜欢的酒吧。”

“坐私人汽车去的？”

“那也是胡扯。我想，我是坐出租车的。我身上有钱就花。”

“那么，事先为什么要绕来绕去呢？”

“那都是瞎搞。他们很可能跟错了人。那也不算什么新鲜事儿。”

“回到我原来的问题，你无法想象史迈利在你离开圆场后，会对你感兴趣？”

“天哪，不会。”

“他也不会在你入狱后对你表示关心，不会出钱照顾你应当照顾的人，你遇见艾什之后，也不会想要见你？”

“不会。我完全不知道你这是要说什么，卡登，但我的答案是否定的。你要是见过史迈利本人，就不会这么问了。我们俩差别太大，根本不是一路人。”

听到这话，卡登似乎很高兴。他调整眼镜，认真地看着文件，脸上露出笑意，不时地点着头。

“啊，对啦，”他说，好像突然想起了什么事情一样，“你找杂货店老板赊账的时候，身上还有多少钱？”

“没钱，”利马斯随口说道，“我都破产一个星期了。还不止一个星期吧，我想。”

“那你靠什么生活呢？”

“凑合呗。我生病了，发烧。一个星期都没怎么吃东西。我想这也是让我焦虑的一个原因吧——说垮就垮了。”

“当然，图书馆还欠你的钱，是不是？”

“这你是怎么知道的？”利马斯厉声说，“你难道——”

“你为什么不去图书馆把钱拿回来呢？那你就不用赊账了，是不是啊，利马斯？”

他耸耸肩膀。

“我忘了。可能是因为图书馆星期六上午不开门吧。”

“明白了。你确定图书馆星期六上午不开门吗？”

“不确定，猜的。”

“倒也是。谢谢，我要问的就是这些。”利马斯正准备坐下来，这时门开了，一个女人走了进来。她身材高大、长相丑陋，穿着一件灰色制服，衣袖上有臂章。她身后站着一个人，正是丽兹。

-22-

主　席

她缓缓走入法庭，眼睛睁得大大的，四处张望着，像刚刚睡醒的孩子进入灯火通明的房间。利马斯这才想起来，原来她这么年轻。她看到他坐在两名卫兵中间，立即停下了脚步。

“亚历克。”

她身边的看守将一只手搭在她胳膊上，引导她向前，走到刚才利马斯站立的地方。法庭里鸦雀无声。

“你叫什么名字，孩子？”主席突然问道。丽兹长长的胳膊垂在身体两侧，手指伸得笔直。

“你叫什么名字？”她又问道，这次声音大了一些。

“伊丽莎白·戈尔德。”

“你是英国共产党党员？”

“是的。”

“这些天你待在莱比锡？”

“是的。”

“你什么时候入党的？”

“1955年。不——是54年，我想是的——”

什么东西移动的声音打断了她。家具被推到一边发出的声音，还有利马斯粗哑、刺耳的咆哮声，在房间里回响。

“你们这些混蛋！放了她！”

丽兹惊恐地转过身，看见他站在那儿，白色的脸上淌着血，衣服也歪到了一边，又看见一名卫兵揍了他一拳，差点将他打倒在地。接着，两名卫兵都扑了上去，将他拎起来，胳膊高高地别在身后。他的脑袋耷拉在胸前，接着又因为疼痛向一侧抽搐了一下。

“他要敢再动，就把他押出去，”主席命令道，又向利马斯点点头，以示警告，然后接着说，“想发言，一会儿可以发言。等着。”她转头对着丽兹厉声问道：“哪一年入党的，你难道不知道？”

丽兹一句话也没说。主席等了一会儿，耸耸肩膀。然后，她身体向前倾，认真地盯着丽兹，问道：

“伊丽莎白，有没有人告诉过你，党内需要保密？”

丽兹点点头。

“有没有人告诉过你，永远、永远不要问另一名同志关于党的组织结构的事情？”

丽兹又点点头。“有，”她说，“当然有。”

“你是否遵守这条原则，今天就要受到严肃考验。你一无所知，这对你最好，最好不过了。”她突然又着重强调了一遍，“一无所知。只需要知道以下这一点就够了；坐在桌边的这三个人在党内职位很高，我们这样做是为了党的安全，已经向常委会汇报。我们要问你一些问题，你的答案至关重要。你只要如实地回答，勇敢地回答，就是帮助社会主义事业。”

“可是，是**谁**，”她低声说，“是**谁**在接受审判？亚历克做了什么？”

主席的目光看着她身后的蒙特，说道：“也许没人在接受审判。这正是关键所在。也许只有指控者。**谁**受到指控，没有区别，”她又说，“为了保证你的客观公正，不能让你知道。”

小小的房间里沉默了一会儿。接着，丽兹说话了，她的声音很轻，主席本能地转过头去，以便听清楚她的话。

“是亚历克吗？是不是利马斯？”

“我告诉过你，”主席坚持道，“你不知道，对你更好——

最好不过。你要说真话，然后就离开。这是你最明智的做法。”

丽兹肯定做了什么动作，或者低声说了什么话，其他人都没有注意到，因为主席又一次身体前倾，非常认真地说道：

“听着，孩子，你想回家吗？按照我说的做，你就可以回家了。但是，如果你……”她停了下来，一只手指指卡登，又神秘兮兮地说，“这位同志要问你几个问题，不多。然后你就可以走了。说真话。”

卡登再次站起身，又露出了他那教区执事一般的和蔼笑容。

“伊丽莎白，”他问道，“亚历克·利马斯是你的情人，是不是？”

她点点头。

“你们在贝斯沃特图书馆里认识的，你上班的地方。”

“是的。”

“之前你们没有见过？”

她摇摇头。“我们在图书馆认识的。”她说。

“你有过很多情人吗，伊丽莎白？”

她怎么回答的，没人听见，因为利马斯又喊了起来：“卡登，你这个畜生！”不过，她听见了他的叫喊，转过脸，用很大的声音说道：

“亚历克，你别喊。他们会把你押走的。”

“对，”主席一本正经地说，“会的。”

“告诉我，”卡登流畅地继续问道，“亚历克是共产党员吗？”

“不是。”

“他知道你是共产党员吗？”

“知道。我告诉过他。”

“你告诉他的时候，他说了什么呢，伊丽莎白？”

她不知道该不该撒谎，这才是最吓人的地方。问题来得太快，她没机会思考。他们都在听着、看着，等着抓住她的某句话，也许是某个动作，好用来伤害亚历克。她没法撒谎，除非她知道风险在哪里。她只能糊里糊涂作答，亚历克会因此死掉——因为她心里非常清楚，利马斯有危险。

“他说了什么？”卡登重复了一遍问题。

“他笑了。他不在乎那种事情。”

“你相信他不在乎吗？”

“当然。”

那位年轻的审判员再次说话了。他的眼睛半闭着。

“你认为这是对一个人的合理判断吗？说他**不在乎**历史的进程和辩证法的驱动？”

“我不知道。我就这么相信的，没别的。”

“没关系，”卡登说，“告诉我，他这个人**开心**吗，经常笑啊之类的？”

“不。他不经常笑。”

“但是，你说你是党员的时候，他却笑了？你知道为什么吗？”

“我想他看不起党。”

“你认为他**恨**党吗？”卡登随意地问道。

“我不知道。”丽兹可怜兮兮地回答。

“他这个人爱憎分明吗？”

“不……不，他不是。”

“但他却殴打了一名店主。这又是为什么呢？”

突然之间，丽兹不再信任卡登了。不再信任那温柔的声音和教父一般慈祥的面孔。

“我不知道。”

“但这事你想过，对吗？”

“对。”

“嗯，那你得出什么结论了呢？”

“没结论。”丽兹淡淡地说。

卡登若有所思地看着她，可能有点儿失望，好像她忘记了教义问答一样。

“你呢，”他又问了个看起来再明显不过的问题，“知不知道利马斯要打那位店主？”

“不知道。”丽兹说。她的回答也许太快了点，以至于在随后的沉默中，卡登脸上的笑容慢慢消失，变成了既觉得好笑又有些意外的神情。

“到今天为止，”他终于又问道，“你上一次见利马斯是什么时候？”

“他进了监狱以后，我就没见过他了。”丽兹回答。

“那你上一次见他是什么时候？”那声音和善而坚决。丽兹不喜欢背对着大家，她希望能转过身来，看着利马斯，甚至盯着他的脸，从那儿找些线索，告诉她该如何回答。她开始为自己担心起来，这些问题背后，都是她一无所知的怀疑和指控。他们肯定知道，她想帮助亚历克，也知道她心里害怕，但是没人来帮她——为什么没人来帮她？

“伊丽莎白，今天之前，你上次与利马斯见面是什么时候？”噢，又是那个柔和丝滑的声音，她憎恨那个声音。

“事情发生前的那个晚上，”她回答，“他和福特先生打架前的那个晚上。”

“打架？那不是打架，伊丽莎白。店主根本没还手，是不是呢——他没有还手的机会。很不光明正大啊！”卡登笑了起来，没人跟他一起笑，所以显得特别可怕。

“告诉我，最后那天晚上，你是在哪里见利马斯的？”

“在他的公寓。他生病了，没上班。他一直躺在床上，我就去了，给他做点吃的。”

“还买了食物？给他买了东西？”

“是的。”

“真善良。那一定花了你不少钱，”卡登同情地说道，“你养得起他吗？”

“我没有养他。我是从亚历克那儿拿的。他……”

“哦，”卡登立即说道，“这么说，他还是有点钱？”

哎呀，天哪，丽兹心里说，哎呀，天哪，我的老天哪，我这是说了什么话啊？

“不多，”她很快说道，“不多，我知道。一镑，两镑，就这么点儿。他没钱了。账单都没付——电费、房租——都是后来才付的，你知道，是在他走了以后，一个朋友付的。只能由朋友付，亚历克付不了。”

“那是当然，”卡登低声说，“一个朋友付的。专程来一趟，付了所有账单。利马斯的一位老朋友吧，也许在他去贝斯沃特之前就认识了。你见过这位朋友吗，伊丽莎白？”

她摇摇头。

“我明白了。这位好朋友还支付了哪些账单呢，你知道吗？”

“不知道……不知道。”

“你为什么要犹豫？”

“我说过了，我不知道。”丽兹激烈地反驳道。

“但你犹豫了，”卡登解释说，“所以我想你是不是还有别的想法。”

“没有。”

“利马斯谈论过他的朋友吗？一个有钱的朋友，还知道利马斯的住处？”

“他没谈起过任何朋友。我觉得他没有什么朋友。”

“啊。”

可怕的沉默笼罩着法庭，丽兹觉得尤其可怕，因为她和周围的人都切断了联系，像个眼盲的孩子来到了视力正常的人中间。他们可以根据某个秘密的标准判断她的答案，而从这可怕的沉默中，她却无法判断他们究竟发现了什么。

“你能挣多少钱，伊丽莎白？”

“每周六镑。”

“你有存款吗？”

“一点儿。几镑。”

“你公寓的房租多少钱？”

“每周五十先令。”

“那不少啊，是不是啊，伊丽莎白？你最近付房租了吗？”

她无助地摇摇头。

“为什么不付呢？”卡登继续问道，“你没钱了吗？”

她用极低的声音说道：“我有了租契。有人买了租契，然后寄给我了。”

“谁？”

“我不知道。”眼泪从她脸颊上滚落下来。“我不知道……请不要再问我问题了。我不知道是谁……六个星期前寄来的，城区的一家银行……一个慈善机构给的……一千镑。我发誓，我真不知道是谁……他们说，是慈善机构赠送的。你什么都知道——那你告诉我是谁……”

她双手捂住脸，哭了出来，仍然背对着大家，肩膀随着身体的抽搐而一起一伏。谁也没动，最后她终于放下了双手，但头并没有抬起来。

“你为什么不问呢？”卡登直接问道，“难道你习惯于收到一千英镑的匿名礼物？”

她没说话，卡登又继续问道：“你没有问，是因为你猜到了。是不是？”

她又一次用手捂住了脸，点了点头。

“你猜，这钱是利马斯给的，或者利马斯的朋友，是不是？”

“是，”她勉强开口回答，“我听街上人说，审判之后，店主也从什么地方得到了一些钱，很多钱。大家都在议论，我就知道肯定是亚历克的朋友……”

“真是非常奇怪，”卡登几乎是自言自语，“奇怪。”然后他又说：“告诉我，伊丽莎白，利马斯进监狱之后，有人联系你吗？”

“没有。”她撒了谎。现在她知道了，他们肯定是要证明什么对亚历克不利的事情，和钱或者他的朋友有关，和那位店主有关。”

“你确定吗？”卡登问，眉毛都抬到了金丝眼镜边缘的上方。

“确定。”

“但是，伊丽莎白啊，你的邻居说，”卡登耐心地反驳着，“利马斯宣判后不久，有人来过——两个人，难道他们只是你的情人，伊丽莎白？随便交往的情人，像利马斯一样，还会给你钱？”

“亚历克不是什么**随便**交往的情人，”她喊道，“你怎么能……”

“可他给了你钱。那两个人也给了你钱吗？”

“噢，天哪，”她哭着说，“不要问……”

“他们是谁？”她没有回答。卡登突然喊了出来，完全出乎意料，这是他第一次提高声音。

“**谁**？”

“我不知道。他们坐车来的。亚历克的朋友们。”

“**又是**朋友们？他们想要干什么呢？”

“我不知道。他们一直问我，他跟我说过什么……他们让我联系他们，要是……”

“怎么联系？怎么联系他们？”

最后，她还是回答了。

“他住在切尔西……名字叫史迈利……乔治·史迈利……我可以给他打电话。”

“你打了吗？”

“没有！”

卡登放下面前的文件。法庭上死一般地寂静。卡登用手指着利马斯，说话的声音完全在他掌控之中，所以显得特别镇定有力。

“史迈利想看看，利马斯有没有向她泄露机密。利马斯只做了一件英国情报部门没有预料到的事情，那就是交往了一个女孩，还趴在她肩膀上哭。”这时卡登无声地笑了出来，好像这一切不过是个不错的笑话。

“他和卡尔·里梅克一样。犯了一样的错误。”

“利马斯谈过他自己吗？”卡登继续问道。

“没有。”

“你对他的过去一无所知？”

“嗯。我知道他在柏林做过什么事。给政府做事。”

“那他的确谈过他的过去，不是吗？他结过婚，他跟你说过吗？”

长久的沉默。然后丽兹点了点头。

“他入狱之后，你为什么不去看他呢？你可以去探视啊。”

“我想他可能不希望我去。”

“我明白了。你给他写信了吗？”

“没有。有，就一次……就告诉他，我会等他。我想他也不会在意的。”

“你认为他也不希望你等？”

“嗯。”

“他在监狱里服完刑之后，你也没想办法和他联系？”

“没有。”

“他有地方可以去吗，有现成的工作吗——有朋友会收留他吗？”

“我不知道……我不知道。”

“你结束了和他的关系，是不是呢？”卡登讥笑道，“你又找了个情人？”

“不！我在等他……我会一直等着他。”她稳定了一下情绪，“我想他回来。”

“那你为什么不写信？你为什么不想办法，找找他住在哪里？”

“他不要我去找，你难道不明白吗？他要我答应他……永远不要跟着他……永远不要……”

“所以**他事先知道要去坐牢，对不对？**”卡登得意洋洋地质问。

“不……我不知道。不知道的事情，我怎么能告诉你呢……”

“在最后那个晚上，”卡登不依不饶，严厉的语气里带着威胁，“在他殴打店主前的那个晚上，他要你再次承诺了吗？……啊，有没有？”

她已经疲惫不堪，只能点点头，以这个可怜的动作表示屈服。“有。”

“你们告别了？”

“我们告别了。”

“当然是在晚饭之后。那时候已经很迟了。也许你整个晚上都和他在一起？”

“晚饭后。我回家了……没有直接回家……我在外面先走了一会儿，我不知道是哪里。就是走一走。”

“他要结束你们的关系，给的理由是什么呢？”

“他没有结束我们的关系，”她说，“从来没有。他只是说，他有件事情要办，要找个人算算旧账，无论要付出多大代价，也许会有一天吧，等全部结束了……他会……会回来，如果我还在的话，而且……”

“正如你刚才所说，”卡登讽刺道，“你会永远等着他，没错吧？你会永远爱他？”

“是的。”丽兹简短地回答。

“他说过要给你寄钱吗？”

“他说……他说事情没有看起来那么糟糕……说我会……受到照顾的。”

“所以后来城里某个慈善机构随手给了你一千英镑，你才没有追问，是不是？”

“是的！是的，就是这样。现在，你什么都知道了——你早就知道……既然早就知道了，为什么还要让我来？”

卡登不为所动，耐心地等着她停止哭泣。

最后，他对面前的审判员们说：“这就是辩方的证据。这个女孩的立场被情感左右，警觉性被金钱蒙蔽，我们英国的同志们竟然认为她适合做党务工作，真让人感到遗憾。”

他先看看利马斯，又看看菲德勒，然后凶狠地说：

“她是个傻瓜。不过，利马斯遇到她，也算是幸事。执行者的堕落导致复仇阴谋泄露，这也不是第一次。”

卡登冲着审判席准确地微微一躬身，便重新坐了回去。

与此同时，利马斯站起身来，这次卫兵们没有阻拦他。

伦敦肯定是发了疯。而且他事先告诉过他们——这才是好笑的地方——让他们不要去管她。现在，情况很明显，他一离开英国，就在那一刻——甚至还在那之前，在他进监狱的时候——哪个该死的傻瓜就到处忙着收摊子：付账单，安抚店主和房东，最重要的是安抚丽兹。这真是胡闹，是疯狂的举动。他们那是想干什么呢——害死菲德勒，害死他们的间谍？破坏自己的行动？难道仅仅只是史迈利——他那该死的小良心突然发现，所以才那么做？现在只有一件事情可以做了——让丽兹和菲德勒脱身，自己背黑锅。反正他自己很可能已经被放弃了。如果他能救菲德勒——如果有这个可能的话——也许丽兹还有逃脱的机会。

他们怎么会知道这么多呢？他确定，百分百确定，那天下午到史迈利家没被人跟踪。还有钱的事——他们怎么知道了他在圆场挪用公款的传闻呢？那个应该只在内部流传的……那是怎么回事呢？老天哪，到底怎么回事呢？

他带着困惑、愤怒和深深的耻辱，慢慢从过道走上来，身体僵硬，好像要走上断头台一样。

-23-

坦 白

“好吧，卡登。”他脸色苍白，面沉似水，脑袋向后仰着，略微向一侧倾斜，似乎在倾听遥远的声音。他身上有一种可怕的平静，不是认命，而是自制力，看起来他整个身体似乎都在那钢铁一般的意志力的控制之下。

“好吧，卡登，让她走。”

丽兹瞪大眼睛盯着他，脸都扭曲变形了，黑色的眼睛里全是泪水。

“不要，亚历克……不要。”她说。房间里没有了其他人——只有利马斯，笔挺地站着，像名士兵。

“不要告诉他们，”她的声音大了一些，“不管是什么事，都不要因为我而告诉他们……我已经不在乎了，亚历克，我发誓我真不在乎了。”

"别说了，丽兹，"利马斯尴尬地说，"现在太迟了。"他转头看着主席。

"她什么也不知道。一无所知。让她离开这儿，送她回家。剩下的我都告诉你。"

主席快速看了一眼她身边的那两个人，思考了一下，然后说道：

"她可以离开法庭，但在听证结束之前，她不能回国。听证结束之后，我们再看情况。"

"我告诉你，她什么也不知道，"利马斯喊道，"卡登是对的，你还不明白吗？这是个行动，预先计划的行动。她怎么可能知道这些呢？她不过是个在一家愚蠢的图书馆上班、生活不太如意的小姑娘——对你没有任何用处！"

"她是证人，"主席干脆地回答，"菲德勒可能要询问她。"他已经不再是"菲德勒同志"了。

听到别人提及自己的名字，一直沉浸在遐想之中的菲德勒，似乎突然醒了过来，丽兹第一次打量着他。那双深褐色的眼睛在她身上停留了片刻，脸上露出了一丝笑意，似乎是认出了同类。他身材矮小、神情落寞，看上去倒挺轻松，让她觉得奇怪。

“她什么也不知道，”菲德勒说，“利马斯是对的，让她走。”他的声音很疲惫。

“你知道你在说什么吗？”主席问道，“你知道这意味着什么吗？你就没有问题要问她？”

“该说的，她都说过了。”菲德勒双手互握，放在膝盖上，此刻他正紧盯着那双手，好像那比法庭的审讯更加有趣一样。“干得都非常聪明，”他点点头，“让她走吧。她不知道的事情，她也没法说。”接着他又假装严肃地补充道：“我没有问题询问证人。”

一名卫兵打开门，朝外面的走廊里喊了一声。在法庭的绝对寂静之中，他们听见一个女人应答的声音，接着便是她沉重的脚步慢慢走近。菲德勒突然站起身，抓住了丽兹的胳膊，领着她朝门口走去。到门边时，她转过脸，朝利马斯这边望，但他却撇过脸，眼睛望着别处，像怕血的人见了血一样。

“回英格兰去，”菲德勒对她说，“你回英格兰去。”突然，丽兹不自觉地抽泣起来。女看守用一条胳膊搂住她的肩膀，与其说是安慰，不如说是支撑，就这样带着她离开了房间。看守关上门。她哭泣的声音渐渐远去，终于听不见了。

“没什么好说的，”利马斯开口说道，“卡登是对的。这是个预先设计好的行动。失去了卡尔·里梅克，我们就失去了东德最好的间谍。其他间谍之前就已经没了。我们无法理解——我们刚刚招到人，蒙特立即就把他们抓住了。我回到伦敦，见了老大。彼得·吉勒姆在场，乔治·史迈利也在。乔治其实已经退休了，在研究什么高深的学问。文字学什么的。

“反正他们搞出了这么个想法。让一个人给自己挖陷阱，老大就是这么说的。做做看，说不定他们上钩呢。然后我们就做安排——可以说是倒过来做的。用史迈利的话说，叫‘归纳推理’。如果蒙特真是我们的间谍，那我们会怎么给他付钱，文件会是什么样的，如此等等。彼得想起来，大约一两年前，有个阿拉伯人要把东德总局的组织结构情报卖给我们，我们让他滚蛋。后来我们发现那是个错误。彼得想可以把那件事利用起来——就像我们拒绝，是因为我们早已知道一样。那招倒很聪明。

“剩下的你们都能想到。假装沉沦下去：酗酒，缺钱，制造传闻说我偷了公款。都能拼起来。我们让会计处的埃尔西帮忙传播谣言，还有一两个其他人。他们干得很出色。”他不无自豪地补充道。“然后我挑了个上午——星期六的上午，周围有很多人——爆发了。那事还上了当地的新闻——我想连《工人报》都报道了——那时候，你们的人已经跟进了。从那以后，”他不屑地说，“你们就开始自掘坟墓。”

“你的坟墓。”蒙特低声说。那双颜色很浅、很浅的眼睛，若有所思地盯着利马斯看了一会儿。“也许还有菲德勒同志的。”

“你可怪不得菲德勒，”利马斯淡淡地说，“他不过碰巧在场而已。蒙特，总局里愿意看你上绞刑架的，可不止他一个啊。”

“反正我们会送你上绞刑架的，”蒙特肯定地说，“你杀害了一名卫兵。还阴谋要杀害我。”

利马斯干笑了一下。

“蒙特，一到黑暗中，所有的猫都是一样的……史迈利一直说，这计划可能会出问题。他说，可能会产生我们无法阻止的反应。他没了胆子——你们都知道。费南的案子之后，伦敦的蒙特事件之后，他就变了。他们说，那时候他身上发生过什么事——所以才离开了圆场。这就是我弄不明白的地方，他们为什么要把我的账单付掉，要照顾那个女孩，等等。肯定是史迈利有意要破坏这个行动，一定是他。他肯定经历了良知危机，觉得杀人什么的都不对。做了那么多准备，干了那么多工作，他这样把行动搞砸，就是疯了。

“但是，蒙特，史迈利恨你。我想大家都恨你，尽管我们没说。我们计划这件事，有点儿游戏的成分……现在很难解释了。我们知道没有退路。我们输给了蒙特，现在我们要想办法干掉他。不过，这仍然是个游戏。”他转脸对着三位审判员，说道，“关于菲德勒，你们错了；他不是我们的人。如果是，伦敦为什么要拿菲德勒这种地位的人来冒险？我承认，他们要靠他才能完成计划。他们知道他恨蒙特——为什么不恨他呢？菲德勒是犹太人，是不是？蒙特有什么声誉，他对犹太人是什么看法，你们知道的，你们所有人肯定都知道。

“我跟你们说件事。别人不会说的，所以我来告诉你们：蒙特狠狠地折磨过菲德勒，一边痛揍，一边一直在奚落他，笑话他是个犹太人。你们都知道蒙特是什么样的人，你们之所以忍受他，是因为他工作干得出色。但是……”他停顿了片刻，然后继续说道，“但是，看在老天的分上……这事牵扯的人已经够多了，犯不着再加上菲德勒的脑袋。我告诉你们，菲德勒没问题……意识形态立场坚定，是这么说的吧，对吗？”

他看着审判席。审判员们静静地观察着他，几乎带着些好奇，目光坚定而冷峻。菲德勒已经回到了座位上，一直带着刻意的冷静听着利马斯发言。这时他盯着利马斯漠然地看了一会儿。

“所以都给你搞砸了，是不是啊，利马斯？”他问道，“像利马斯这样的老狐狸，适逢间谍生涯的收官之作，却爱上了一个……她叫什么名字来着？……在一家愚蠢的图书馆上班、生活不太如意的小姑娘？伦敦肯定早就知道。单靠史迈利一个人不可能成功。”菲德勒又转身对蒙特说，“蒙特，这件事很奇怪。他们肯定知道，你会查验他故事中的每个细节。所以利马斯才会真的去过一段那样的日子。但是，事后他们却给店主送了钱，付清了房租，还给那姑娘购买了租契。他们做了这么多反常的事情……那么有经验的人……付一千英镑，给一个姑娘……还是党员……何况她原来还以为利马斯破产了。别跟我说史迈利的良心好到了这个地步。肯定都是伦敦计划好的。真敢冒险哪！”

利马斯耸耸肩膀。

“史迈利说的对。我们无法阻止某些反应。我们没想到，你们会把我带到这里——荷兰嘛，想过——但没想到会是这里。”他沉默了一会儿，然后接着说，“我也没想到，你会把那个姑娘带过来。我是干了件蠢事。”

“但是蒙特没有，”菲德勒立即接过话去，“蒙特知道该找什么——他甚至知道那个女孩会提供证据——我得说，蒙特干得很聪明。他甚至还知道租契的事——真令人佩服。我是说，他怎么就能找到呢，她又没跟任何人说。我知道这个姑娘，我理解她……她绝不会跟任何人讲。”他朝蒙特那边扫了一眼。“也许蒙特能告诉我们，他是怎么知道的？”

蒙特迟疑了一下，利马斯心想，这迟疑的时间略微长了点儿。

“是她的党费，”他说，“一个月前，她将党费每月增加了十先令。我听说了，就去调查她怎么会有这个钱。我成功了。”

“高明的解释。”菲德勒冷冷地回答。

沉默。

“我认为，”主席看了一眼她的两位同僚，开口说道，“审判委员会现在可以准备向常委会做汇报。当然，”她那对冷酷的小眼睛对准了菲德勒，“除非你还有话要讲。”

菲德勒摇摇头。好像还有什么事情让他觉得好笑。

“既然如此，”主席继续说道，“我和同事们认为，在常委会纪律委员会进一步做出决定之前，应当解除菲德勒同志的职务。

"利马斯已在关押之中。我要提醒各位，本审判委员会没有执行权。人民检察官一定会与蒙特同志合作，就如何处理这名英国秘密间谍和杀人犯，做出进一步的决定。"

她的目光越过利马斯，落在蒙特身上。但蒙特却在看着菲德勒，像一名刽子手，冷静地端详着即将行刑的人犯。

突然之间，利马斯明白了这整个可怕的把戏，如同长期遭到蒙骗的人陡然醒来，发现一切清晰得可怕。

-24-

政 委

丽兹站在窗前，背对着女看守，目光空洞地盯着外面那个狭小的院子。她想那应该是犯人们锻炼的地方。她在一间办公室里，办公桌上的电话机旁放着食物，但她都没法碰。她感到恶心，而且极度疲惫，身体上的疲惫。她双腿酸疼，脸因为哭泣而变得又僵又干。她觉得浑身都脏，很想洗个澡。

“你为什么不吃东西？”那个女人又问她，“现在事情都结束了。”她说这话，并没有同情的意思，似乎这个姑娘放着摆在那儿的东西不吃，简直就是个傻瓜。

“我不饿。”

女看守耸耸肩膀。“你可能还有很长的旅途呢，”她说，“到那边也没什么东西。”

“这是什么意思啊？”

“英格兰的工人们在挨饿，”她得意地宣布，“资本家让他们饿着。”

丽兹想说点什么，但似乎也没有说的必要。而且，她想知道更多消息，她必须知道，而这个女人可以告诉她。

“这是什么地方？”

“你难道不知道？”女看守笑了。“你该问问那些人，”她冲着窗外点点头，“他们可以告诉你这是什么地方。”

“他们是什么人？”

“犯人。”

“什么样的犯人？”

“国家的敌人，”她立即回答，“间谍，煽动叛乱分子。”

“你怎么知道他们是间谍？”

“党知道。党比人们自己更了解他们。没人告诉过你吗？”女看守看着她，摇摇头，又说道，“英国人啊！富人们吃掉了你们的未来，你们的穷人还给他们提供食物——这就是发生在英国人身上的事情。”

“谁告诉你的？”

那个女人笑了笑，没说话。她似乎对自己很满意。

“这是关间谍的监狱？”丽兹继续追问。

“这个监狱，关的是不承认社会主义现实的人，自以为有权利犯错的人，阻碍我们前进的人。叛徒。”她最后扼要地总结道。

“可他们都干了什么呢？”

“不消除个人主义，我们就无法建设共产主义。如果有猪在工地上建猪圈，你就没法规划宏伟的大楼。”

丽兹难以置信地看着她。

“这些都是谁告诉你的？”

“我是这里的政委，”她骄傲地说，“我在监狱里工作。”

“你非常聪明。”丽兹说。她想拉近和她的距离。

“我是名工人，”那个女人尖刻地说道，“脑力工作更加高级吗？这种想法必须彻底摧毁。人不分类别，只有工人。体力劳动和脑力劳动之间没有对立。你没读过列宁吗？”

“那么，监狱里的这些人是知识分子？”

那女人笑了。“对，”她说，“他们是自以为进步的反动分子：他们保卫个人，而不是国家。你知道赫鲁晓夫是怎么说匈牙利的反革命活动的吗？”

丽兹摇摇头。她必须表现出兴趣，她必须让这个女人继续说下去。

“他说，要是及时枪毙几个作家，这种事情就绝不会发生。”

“现在审判结束了，”丽兹立即问道，“那他们要枪毙谁呢？”

“利马斯，”她冷冷地回答，“还有那个犹太人——菲德勒。”那一刻丽兹以为自己会摔倒，不过她用一只手及时抓住了椅背，然后慢慢坐了下去。

“利马斯做了什么？”她低声说。那个女人用一双狡黠的小眼睛看着她。她块头很大，稀疏的头发梳到脑后，在那粗大的脖子后面挽成一个髻。她的脸很肥，皮肤苍白而松弛。

“他杀了一名卫兵。”她说。

“为什么呢？”

那个女人耸了耸肩膀。

“至于犹太人嘛，”她继续说道，“他指控了一位忠诚的同志。”

“他们会因为这个枪毙菲德勒吗？”丽兹表示怀疑。

“犹太人都一样，”那女人评价道，“蒙特同志知道怎么对付犹太人。我们这儿不需要那帮家伙。他们如果入了党，就以为党是他们的。他们如果不入党，又以为党要阴谋陷害他们。那东西你还吃吗？”她指着桌子上的食物问。丽兹摇摇头。“那我必须吃，”她干脆地说，似乎对犹豫不决有种奇怪的鄙视，“他们给了你土豆。厨房里肯定有人爱上了你。”这句话里的幽默，一直维持到她吃光丽兹所有的食物。

丽兹回到了窗前。

丽兹脑海中一片混乱，耻辱、悲伤、恐惧交织在一起。在这混乱之中，关于利马斯的可怕记忆却分外鲜明，那是她最近一次在法庭中见到的样子：他僵硬地坐在椅子上，眼睛朝旁边看着，躲开她的目光。她让他失望了，他都不敢在死前看她一眼，不愿意让她看到写在他脸上的轻蔑，或者恐惧。

可是，她还能怎么做呢？要是利马斯把想做的事情先告诉她，那该多好——她到现在还不清楚他究竟想做什么——那她就可以撒谎，为了他乱说一气，干什么都行，只要他先跟她说！这一点他肯定明白吧，他应该懂她，知道真到了万不得已的时候，他说什么她都会照办；知道如果可以，她可以抛下自己的一切，从内到外全变成他，承受他的存在、意志、生命和痛苦；知道她别无所求，只要一个这样做的机会吧？但是，没人跟她说，她又怎么知道如何回答那些暗藏玄机、别有用心的问题呢？她似乎引发了无尽的灾难。在浑浑噩噩之际，她想起小时候有人告诉她，每走一步路都会踩死数千条细小的生命，让她大为惊骇。现在呢，无论她说的是真话还是假话，哪怕保持沉默，她肯定结果也会一样，她都在被迫毁掉一个生命。甚至是两个，因为还有那个犹太人菲德勒，他对她很温和，还牵着她的胳膊，让她回英格兰。他们会枪毙菲德勒的，那个女人说过。为什么一定得是菲德勒呢？为什么不是提问题的那个老男人，或者坐在前排两名士兵之间的那个长得好看、一直在笑的？她每次转过身，都能看见他那顺滑光亮的金色头发，还有那张光滑而残酷的面孔，一直带着笑意，好像那一切都是个大笑话。利马斯和菲德勒站在同一边，让她感到安慰。她再次转身，问那个女人：

“我们在这里等什么呢？”

女看守把盘子推到一边，站起身来。

“等上级指示，”她回答，“他们正在决定你是不是该留下来。”

“留下来？”丽兹木然地重复道。

“是作证的问题。菲德勒要接受审判，我跟你说过，他们怀疑菲德勒和利马斯阴谋串通。”

“那他们要对付谁呢？他在英国怎么能搞阴谋呢？他怎么到

这儿来了？他又不是党员。”

那女人摇摇头。

“这是秘密，”她回答，“只有常委会知道。也许是那个犹太人把他带来的吧。”

“可是，**你**知道啊，”丽兹没有放弃，语气中带着一丝奉承，“你是监狱里的政委。他们肯定要告诉**你**啊？”

“也许吧，”那个女人得意地回答，“是高度保密的。”她又说道。

电话响了。那个女人拿起听筒，听着。过了片刻，她朝丽兹望了一眼。

“好的，同志。马上。”说完，她放下了听筒。

“你要留下，”她急促地说，“常委会要研究菲德勒的案子。在此期间，你必须留下。这是蒙特同志的意见。”

“蒙特是谁？”

那个女人露出了狡黠的表情。

“我不想留下来，”丽兹哭了，“我想要……”

“党对我们的了解，比我们自己还多，”那个女人回答道，“你必须留在这儿。这是党的意见。”

“蒙特是谁？”丽兹又问了一遍，但她还是没有回答。

丽兹缓缓跟在她身后，走过无尽的长廊，穿过有卫兵看守的铁栅栏，经过背后杳无声息的铁门，走下无尽的台阶，穿过整体修建在地下的天井，最后丽兹觉得她们已经沉入了地狱的中央，就算利马斯死了，也绝不会有人到这儿来告诉她。

听到牢房外面的走廊里传来脚步声，她根本不知道当时是几点钟。也许是晚上五点，也许是半夜。她一直醒着，瞪大眼睛盯着黑暗之中，渴望有点儿声响。她从没想过，寂静竟会如此可怕。等她哭完，等周围的回声消失，就什么也没有了。只有她自己声音的记忆。她想象着那声音冲向坚硬的黑暗，像拳头砸上岩石。坐在床上的时候，她曾用双手在四周摸索，但是黑暗似乎让她的双手变重了，好像在水里摸东西一样。她知道牢房很小，有一张床，她正坐在上面，还有个没有龙头的洗脸盆，一张粗糙的桌子，她刚进来的时候看过一眼。后来灯灭了，她就发疯一般朝她印象中床所在的位置跑，小腿都撞到了床上。后来她就一直待在那儿，害怕得浑身颤抖。直到她听见脚步声，牢房的门被人突然打开。

她立即认出了那个人，虽然她只能借着走廊里淡蓝色的光线看到他的轮廓。那利落、敏捷的身形，那清晰的脸部线条，还有那头被身后光线映亮的金黄色短发。

“我是蒙特，”他说，“跟我走，马上。”他的声音虽低，却有种不屑一顾的语气，好像他并不担心被人听见。

丽兹突然害怕起来。她想起了女看守的话：“蒙特知道怎么对付犹太人。”她站在床边，瞪大眼睛看着他，不知道该怎么办。

“快点，你个傻瓜。”说着，蒙特已经迈步上来，抓住了她的手腕。“快。”她任凭自己被拉进走廊。她一头雾水，看着蒙特轻轻地将牢门重新锁上。他粗暴地抓着她的胳膊，逼着她半跑半走，快速穿过第一个走廊。她能听见空调的嗡嗡声从远处传来，不时还有其他的脚步声，从相互连通的其他走廊里传来。她注意到，经过其他走廊时，蒙特会迟疑一下，甚至往后退一退，然后自己先上前，确认对面没人，才示意她跟上来。他好像认为她一定会跟着走，也知道这样做的理由。看这样子，他几乎是把她当作了同谋。

突然，他停下了脚步，将一枚钥匙塞进一扇脏兮兮的铁门的钥匙孔里。她惊慌失措地等着。他使劲将那门向外一推，冬夜寒冷而甜美的气息扑面而来。他再次示意她跟上，还是和上次一样急迫。她跟在后面走下两级台阶，踏上一条石子小路，原来这是个厨房后面的杂院，石子路从中穿过。

他们沿着石子路，穿过一段精致的哥特式过道，前面便是马路。过道里停着一辆汽车。车旁站着一个人，正是亚历克·利马斯。

“保持距离。”她迈步向前的时候，蒙特警告她。

“在这儿等着。”

蒙特一个人先上去。她看着他们两人站在那儿低声交谈，时间慢得好像过了一个世纪。她的心在疯狂跳动，因为寒冷和害怕，整个身体都在颤抖。最后，蒙特终于回来了。

“跟我来。”说着，他将她领到利马斯站立的地方。两个男人互相看了一会儿。

“再见。”蒙特淡淡地说。“你是个傻瓜，利马斯，”他又说，“她是个废物，和菲德勒一样。”然后他转过身去，快速消失在暮色之中，再没说一句话。

她伸出一只手，碰了碰他。他半转过身体，把她的手推开，伸手去开车门。他点点头，让她上车，但她犹豫了。

“亚历克，”她低声说，“亚历克，你这是在干吗？他为什么要放你走？”

“闭嘴！”利马斯咬牙说道，“想都不要去想，听见了吗？

上车。”

“他说了菲德勒什么话？亚历克，他为什么要放我们走？”

“他放我们走，是因为我们的活干完了。上车，快！”在他强烈意愿的驱使下，她上了车，关上了车门。利马斯坐到了她身边。

“你和他达成了什么交易？”她坚持问道，声音里更加充满了怀疑和恐惧。“他们说，你们阴谋对付他，你和菲德勒。那他为什么要放你走？”

利马斯发动了汽车，很快沿着这条窄路快速向前驶去。两边是光秃秃的田野，远处是单调的黑色山峦，正慢慢与黑夜融为一体。利马斯看了看手表。

“我们离柏林还有五小时的车程，”他说，“要在一点一刻之前赶到克珀尼克。应该很容易。”

丽兹沉默了一会儿。她透过挡风玻璃，望着前方空荡荡的路，一些朦胧的念头在她脑海里翻腾，像个迷宫，让她困惑、迷茫。一轮明月挂在天上，田野上升起了一团团雾气。他们转上了一条高速公路。

“你心里放不下我吗，亚历克？”她终于开口说道，“所以你才让蒙特放我走？”

利马斯没说话。

“你和蒙特是敌人，不是吗？”

他还是没说话。现在他开得很快，仪表上显示时速一百二十公里，高速公路上漆黑一团，有些颠簸。她注意到，他把车灯全部打开了，对面车道有车来，他也不会熄灭远光灯。他开得很粗暴，身体向前倾着，手肘几乎都架在方向盘上了。

“菲德勒会怎么样？”丽兹突然问。这次利马斯回答了。

“他会被枪毙。”

“那他们为什么不枪毙你呢？”丽兹紧跟着说道，“你和菲德勒阴谋对付蒙特，他们就是这么说的。你杀死了一名卫兵。蒙特为什么放你走？”

“好吧！”利马斯突然喊道，“我就告诉你。我要告诉你的，你本来永远、永远都不应该知道，你和我都不应该知道。听着：蒙特是伦敦的人，是他们的间谍。他在伦敦的时候，他们收买了他。这是个糟糕、肮脏的行动，目的就是要救蒙特，而我们此刻正在经历这个行动最为糟糕的收尾阶段。蒙特自己的部门里出了个聪明的小犹太人，已经快猜到真相了。所以他们要我们杀了他，你明白吗，杀了那个犹太人。现在你都知道了，上帝保佑我们俩吧。”

-25-

柏林墙

“如果情况是这样，亚历克，”她终于开口说道，“那我在这里面是什么角色？”她的声音很平静，几乎是实事求是的口吻。

“丽兹，我只能根据我所掌握的信息，还有我们离开前蒙特对我说的话，来进行猜测。菲德勒怀疑蒙特，他从英国回来后，菲德勒就一直怀疑他。他认为蒙特是双面间谍。他当然恨他——为什么不恨呢——他的恨是对的。蒙特的确是伦敦的人。菲德勒过于强大，蒙特一个人干不掉他，于是伦敦决定帮他。我都能想象他们是怎么制订计划的，他们都是理论派。在某个该死的聪明人俱乐部里，围着壁炉坐着，纸上谈兵。他们知道，只消灭菲德勒还没有用——他可能跟朋友说过，或者写过指责蒙特的东西；他们要做的，是消灭对蒙特的**怀疑**。修复公共形象，他们给蒙特设计的计划，目的就是这个。”

他变到左侧车道，想超过一辆货车。超车时，那辆货车突然加速，冲到了他前方，他只得在坑坑洼洼的路面上猛踩刹车，否则就要被逼到左侧的护栏上。

“他们让我去陷害蒙特，”他继续说道，“他们说，要把他干掉，我参加了。那将是我最后一次行动。于是我沉沦了，还打了店主……那些事你都知道。”

“还有做爱吗？”她轻声问道。利马斯摇摇头。“不过，你知道，关键是，”他说，“蒙特全都知道，他知道这个计划，让人来找我，他和菲德勒。然后他让菲德勒接手，因为他知道，菲德勒最后会自掘坟墓。我的任务就是，让他们相信蒙特是间谍，那其实就是真相。”他停了一下，“你的工作就是推翻我的话。菲德勒被枪毙，蒙特得救了，幸运地躲过了一次西方法西斯的阴谋。老规矩，在爱情中露出马脚。”

“可是，他们怎么会知道我呢？他们怎么知道我们会在一起？”丽兹喊道，“老天哪，亚历克，难道人们会不会相爱，他们也能未卜先知吗？”

“那没关系——爱不爱的无所谓。他们选择了你，是因为你年轻、漂亮，而且是党员，他们知道如果发出邀请，你会到德国来。就业中心那个人，皮特，是他安排我去的，他们知道我会接受图书馆的工作。皮特战争期间在情报部门，我想他们跟他交代好了。他们只需要让我们俩接触，哪怕只有一天，那都没关系，然后他们就会去找你，给你寄钱，就算不是爱情关系，看起来也很像，你明白了吗？也许让它看起来像一时的迷恋。最关键的一点是，我们俩接触之后，他们要给你寄钱，并且表面看起来好像是我请他们寄的。结果呢，我们俩倒让他们的工作轻松多了……”

“是啊，没错，”然后她又补充道，“亚历克，我觉得脏，好像我是匹母马，被送去配种了一样。”

利马斯没说话。

“利用……党里的人，而不是随便什么人，会让你的部门良心上好过一些吗？”丽兹继续问。

利马斯说：“也许吧。他们并不从这个角度考虑问题。那就是个行动上的便利。”

“我有可能被留在监狱里，是不是啊？蒙特希望这样做，对不对？他认为没必要冒险——也许我听到的太多了，或者能猜到的太多了。毕竟菲德勒是无辜的，对不对？但他是犹太人，”她激动地说道，“所以就没什么关系了，是不是？”

“啊，天哪。”利马斯叫道。

“蒙特放我走，这很奇怪——就算是和你达成了交易，也还是很奇怪，”她思忖道，“我现在是个危险因素了，是不是？我是说，等我们回到英国，我是个党员，却知道了这么多……他放我走，好像不符合逻辑。”

“我想，”利马斯回答，“他打算利用我们的逃脱，向常委会表示，他部门里还有其他菲德勒，需要都揪出来。”

“还有其他犹太人？”

“这是他巩固自己地位的机会。”利马斯简短地回答。

“通过杀害更多无辜的人？你好像不觉得这是什么问题。”

“当然是问题。我觉得又耻辱又愤怒……但是我成长的经历是不一样的，丽兹。我没法用非黑即白的眼光看这件事。玩这个游戏的人，都在冒险。菲德勒输了，蒙特赢了。伦敦赢了——这是关键。这是个很肮脏很肮脏的行动。但是产生了结果，这才是唯一的规则。”他越说声音越大，最后几乎都在叫喊了。

“你这是要说服你自己，”丽兹喊道，“他们做了件邪恶的事情。你们怎么能杀掉菲德勒呢——他很好啊，亚历克？我知道他很好。可蒙特呢……”

“你究竟在抱怨什么呢？”利马斯粗鲁地质问道，“你的党在打仗，不是吗？为了大众，牺牲个人。党就是这么说的。社会主义的现实：日夜战斗——无情的斗争——他们就是这么说的，是不是？至少你是幸存者。我从没听说过共产主义者宣传生命的神圣——难道是我搞错啦？”他又讽刺地说，“你就有被干掉的可能，我承认，没错，这一点我承认。有这个风险。蒙特是个邪恶的畜生，他认为让你活着根本没有意义。我想，他承诺过尽量让你活着，但他的承诺也没什么大价值。所以，你是有可能死的——今天、明年或者二十年后——死在某个监狱里，死在工人阶级的天堂。我同样也有可能死。但是，我好像还记得，党的目标是要消灭一整个阶级。难道是我搞错啦？”他从外套里掏出一包香烟，递给她两根，还有一盒火柴。她手指抖抖索索，点着了香烟，把一根递回给利马斯。

“你全都想透了，是不是？”她问。

“我们碰巧符合角色要求，”利马斯继续说道，“而且我很抱歉。我也为其他人感到抱歉，符合角色要求的那些人。但是你不要抱怨这事的做法，丽兹，这就是党的做法。花小代价，赚大收益。为了很多人而牺牲一个人。我知道这不是什么好事，挑选谁该牺牲，把计划变成活生生的人。”

她在黑暗中听着，有一刻大脑里几乎空空如也，只有面前飞逝而去的路，以及内心中麻木的惊恐。

"但他们让我爱上了你，"她终于开口说道，"你也让我信任你、爱你。"

"他们利用了我们，"利马斯无情地回答，"他们骗了我们两个人，因为那是必须的。只有这个办法。菲德勒已经快找到真相了，你难道不明白吗？蒙特差点就被抓了，这一点你不能理解吗？"

"你怎么能让世界黑白颠倒呢？"丽兹突然喊道，"菲德勒是个善良的体面人，他只是做好他的工作，现在你们却杀了他。蒙特是间谍、叛徒，你们却保护他。蒙特是个纳粹，你知道吗？他恨犹太人……你到底在哪一边呢？你怎么能……？"

"这个游戏里只有一条规则，"利马斯反驳道，"蒙特是他们的人，给他们提供需要的东西。这很容易理解，不是吗？列宁主义——临时结盟、随机应变。你认为间谍都是什么人呢——牧师、圣人、烈士？他们都是品行败坏、内心虚荣的傻瓜，没错，还是叛徒。同性恋、虐待狂、酒鬼。靠扮演牛仔和印第安人，来装点他们糜烂的生活。你认为他们像修道士一样，在伦敦坐着，权衡是非对错？如果可以，我情愿杀掉蒙特，我对他恨之入骨，但是现在不可以。他们碰巧还需要他。他们需要他，这样你所崇拜的愚蠢大众，夜晚在床上才能睡得安稳。他们需要他，这样像你和我这样普通的无用之人才能安全。”

“但是菲德勒呢——你对他就毫无感觉吗？”

“这是战争，”利马斯回答，“看起来触目惊心、让人不快，是因为这是小规模的贴身肉搏。有时候要牺牲无辜的生命，我承认。但是，要是和其他战争相比，这根本算不得什么，想想上一场战争，或者下一场战争，这能算什么呢！”

“噢，天哪，”丽兹轻柔地说，“你并不理解。你也不愿意。你是在努力说服自己。他们所做的事情，要可怕得多。在人们身上找到人性的部分，在我身上，或者在他们利用的任何人身上，把那人性变成手里的武器，用它来害人、杀人……”

“我的天哪！”利马斯叫道，“从古至今，人类还干过别的吗？我什么也不信，你不明白吗，连毁灭和无政府主义，我也不相信。杀人让我感到恶心，恶心，但是除了杀人，他们还有别的办法吗？他们不是去改变人家信仰的，他们不会站在布道坛或者党组织的演讲台上，告诉我们去战斗，为了和平、上帝或者别的什么玩意儿。他们是一帮可怜的家伙，想要阻止布道者相互撕咬，把对方炸成碎片。”

“你错了，”丽兹绝望地宣布道，“他们比我们都更加邪恶。”

“就因为你认为我是个流浪汉的时候和我做爱了吗？”利马斯恶狠狠地问。

“因为他们的蔑视，”丽兹回答，“蔑视真实和善良，蔑视爱情，蔑视……”

“对。”利马斯表示同意。他突然感到异常疲惫。“这就是他们要付出的代价。蔑视上帝，也蔑视卡尔·马克思。你是这个意思吧。”

“所以你也是一样的，”丽兹继续说道，“和蒙特以及其他人一样……我就该知道，只有我才被人家踢来踢去，是吧？先是他们，然后是你，因为你不在乎。只有菲德勒没有……但是，你们这些人……你们对待我，都好像我……什么也不是……只是用来达到目的的工具……你们都是一样的，亚历克。”

“噢，丽兹，”他绝望地说，“看在老天的分上，你相信我。我恨这些事情，恨所有这一切，我累了。但世界就是这样，是人类发了疯。我们只是必须付出的小代价……但到处都是一样的，人们欺骗、误导，浪费大好的生命，被枪毙、被监禁，一群一群的人，一个阶级一个阶级的人，毫无来由地被消灭。而你呢，你的党——老天在上，你的党就建立在普通人的尸体之上。你从没像我一样，丽兹，亲眼看到人在你面前死掉……”

他说话的时候，丽兹想起了监狱里那个灰暗的天井，以及女看守的话：“这个监狱，关的是阻碍我们前进的人……自以为有权利犯错的人。”

利马斯突然紧张起来，身体向前倾，盯着马路前方。在汽车的灯光里，丽兹看到有个人站在路上。他手里拿着细小的电筒，汽车驶近时，那电筒一闪一灭。“是他。”利马斯嘟囔道。他关闭车灯和引擎，汽车无声地向前滑行。车慢慢停下来，利马斯向后仰身，打开了后座的门。

那人上车时，丽兹没有回头去看。她的眼睛直愣愣地，看着前方雨中的街道。

“保持三十公里的时速。”那人说。他的声音紧张、恐惧。“我会告诉你怎么走。到地方以后，你必须下车，朝墙跑过去。探照灯会落在你即将爬墙的位置。站在探照灯的光束里。等光束挪开，你立即开始爬。你有九十秒钟的时间。你先爬，”他对利马斯说，“这个姑娘随后。下面部分有铁的横档——到了上面，你就只能徒手攀上去。然后你坐到墙头上，把这姑娘拉上去。你明白了吗？”

“我们明白了，”利马斯说，“还有多久？”

“如果以三十公里的时速开，大约九分钟就到了。一点零五分，墙上的探照灯会准时打开。他们可以给你九十秒。不能再长了。”

“九十秒后会怎么样？”利马斯问。

“他们只能给你九十秒钟，”那人重复道，“否则就太危险了。只通知了一个分队。他们认为组织上派你渗透到西柏林去。他们收到了通知，不能让事情太顺利。九十秒够了。”

“我也希望够了，”利马斯，“现在什么时间？”

“我和分队的队长对过表。”那人回答道。后座上灯光一闪，随即熄灭。“现在是十二点四十八分。我们必须在十二点五十五分出发。再等七分钟。”

四下里静寂无声，只有雨打在车顶上啪嗒作响。那条石子路在他们面前延伸出去，每隔几百米就有一盏昏暗的路灯，将马路分成一段一段的。周围没人。头顶的天空映在弧光灯发出的人造光亮之中。探照灯的光柱不时从上方扫过，随即消失。利马斯发现，左边远方有一处游移不定的灯光，就在天际线上方，忽明忽暗，像火光的倒影。

“那是什么？”利马斯指着那灯光，问道。

“信息中心，”那人回答，“一组灯架。用光线将新闻头条发到东柏林。”

“难怪。”利马斯嘟囔道。他们已接近路的尽头。

“没有回头路啊，”那人继续说道，“他跟你说过吧？没有第二次机会的。”

“我知道。”利马斯回答。

“如果出了问题——如果摔下来，或者受了伤——不要回头。在柏林墙的范围内，他们是当场击毙的。你们**必须**翻过去。”

“我们知道，”利马斯重复道，“他跟我说过。”

“你们一下车，就在柏林墙的范围之内。”

“我们知道。好了，闭嘴。”利马斯怒道。然后他又问：“你要把车开回去吗？”

“你一下车，我就立即开走。对我来说，这件事也有风险的。”那人回答。

“那太糟糕了。”利马斯一本正经地说。

又沉默了一会儿。然后利马斯问道：“你有枪吗？”

“有，”那人说，“但我不能给你。他说我不能给你枪……说你肯定会开口要的。”

利马斯无声地笑了。“他会给的。”他说。

利马斯发动了汽车，噪音在街道上回响，车子慢慢向前驶去。

他们大约走了三百码，那人突然兴奋地低声说道，“在这里向右转，然后左转。”他们拐进一条狭窄的街道，两侧有空无一人的市场摊位，车子勉强能在中间挤过去。

“左转，现在！”

他们又转了过去，很快，这次是在两幢高楼之间，似乎拐进了一条死胡同。晾晒的衣服横在街道上方，丽兹心想，是不是要从那衣服下面钻过去。前面似乎没有了路，但就在汽车靠近之时，那个男人又说：“再左转，沿着那条步行道走。”利马斯将车开上路边，穿过人行道，上了一条宽阔的步行道，左边是一堵破败的围墙，右边是一幢没有窗户的高楼。头顶上方传来一声叫喊，是个女人的声音，利马斯喃喃地说了句：“噢，闭嘴吧。”一边摇摇晃晃地驾驶着汽车转过步行道上一段向右的弯道，面前立即出现了一条主干道。

“哪边？”他急忙问。

“直接穿过去——经过药店——在药店和邮局之间——那儿！”那人身体使劲向前倾，脸都几乎与前座上的人平齐了。他用手指着路，胳膊伸到了利马斯前面，指尖都按到了挡风玻璃上。

“坐回去，”利马斯怒道，“把手拿开。你这只手挥来挥去，我怎么看得见？”他挂上一挡，快速从主干道上横穿而过。他朝左边瞟了一眼，惊讶地发现，三百码开外就是布兰登堡门的侧影，还有门下那一排面目狰狞的军车。

“我们这是要去哪儿？”利马斯突然问。

“我们快到了。现在慢点儿……左边，左边，转到左边！”他喊着，利马斯猛打方向盘，总算及时转了过去。他们穿过一道狭窄的拱门，来到一个院子里。周围房子有一半的窗户要么不见了，要么被木板封死，各家的门廊上空无一人，像盲人空洞的眼睛瞪着他们。院子另一头，是一个可以通出去的大门。“从那儿过去，”那人低声命令，黑暗中听来十分急迫，“然后直接右转。你会在右手边看到一盏街灯。再过去的那盏灯坏了。到第二盏灯旁边，把引擎关掉，让车子滑行，看到消防栓就停下来。就是那里。”

“你为什么不自己来开车？”

“他说应该让你开车，他说那样更安全。”

他们穿过大门，然后立即右转，来到一条狭窄的街上，四周漆黑一团。

“关灯！”

利马斯关掉车灯，慢慢朝第一盏街灯的方向行驶。他们能看到前面第二盏街灯。是灭的。他们关掉引擎，无声地滑过第二盏灯，前方二十码的地方，他们看到了消防栓朦胧的外形。利马斯踩下刹车，车子缓缓停了下来。

“这是在哪儿？”利马斯低声问，“我们过了列宁大道，是不是？”

“格赖夫斯瓦尔德街。然后我们转到了北面。现在位于伯恩瑙街北面。”

“潘科区？”

“差不多。你看。”那人指着左边一条小街道。他们能看到街道尽头有一小段围墙，在昏暗的弧光灯下呈现为灰褐色。墙头上有三股的铁丝网。

“这姑娘怎么能爬过铁丝网呢？”

“你爬的地方，已经剪断了。有个小口子。你要在一分钟内跑到墙边。再见。”

他们下了车，三个人都下来了。利马斯拉着丽兹的胳膊，她吃了一惊，好像他抓疼了她一样。

“再见。”德国人说。

利马斯只是低声说道：“在我们爬过去之前，不要发动汽车。”

在昏暗的灯光下，丽兹看了一眼那个德国人。一张年轻而焦虑的脸庞，给她留下了片刻的印象，那是张故作勇敢的男孩的脸。

“再见。”丽兹说。她抽出胳膊，跟着利马斯穿过马路，走进通向柏林墙的那条窄窄的街道。

走上那条街道之后，他们立即听见身后引擎发动的声音，那辆车掉过头，沿着来路迅速开走了。

“你个王八蛋，过河拆桥。”利马斯回头望着那辆渐渐远去的车，嘟囔道。

丽兹似乎什么也没听见。

-26-

归去来

他们快步走着，利马斯不时回头看看，确保她跟上来了。到了小胡同的尽头，他停下脚步，躲进一处门廊的阴影之中，看了看表。

“两分钟。”他低声说。

她没说话，眼睛盯着正前方的墙，以及墙后远处的黑色废墟。

“两分钟。”利马斯重复道。

他们前方有三十码的隔离带，和墙体平行。右边大约七十码的地方，有个瞭望塔，塔上的探照灯沿着隔离带来来回回。空中飘着细雨，弧光灯发出浅黄色的光，如同笼罩着一层粉末，将世界屏蔽在外面。四周空无一人，也没有一丝声音。一个空旷的舞台。

瞭望塔上的探照灯开始沿着柏林墙朝他们这个方向挪过来，好像在犹豫地试探。每次灯光停住，他们都能看到一块块的砖，以及仓促涂抹的砂浆形成的粗糙线条。就在他们看着的时候，那光柱在他们正前方停了下来。利马斯看看表。

“准备好了吗？”他问。

她点点头。

他拉着她的胳膊，开始小心翼翼走过隔离带。丽兹想跑，但他紧紧抓着她，根本跑不了。他们已经走过一半的距离，那个半圆形的光圈引着他们向前，光柱就在他们正上方。利马斯一心要让丽兹待在身边，好像生怕蒙特不守诺言，要在最后关头用什么办法将她攫走。

就在他们快到墙边时，那光束突然跳到北边，四下里顿时一片漆黑。利马斯仍旧拉着丽兹的胳膊，领着她在黑暗中向前走，他左手伸在前面，突然摸到了粗糙而坚硬的煤渣砖。现在他能看到墙体，仰头望去，可见上方的三股铁丝网，还有将铁丝网束扎在一起的阴森森的钩子。墙上钉着金属桩，像攀岩者的岩钩。利马斯抓住最高的那根金属桩，快速攀爬上去，很快到了墙顶。他使劲去拉最下面那股铁丝网，果然能拉动，原来已经剪断了。

“快点，”他急迫地低声说道，“开始爬。”

他趴在墙上，俯下身来，抓住她伸上来的手，开始慢慢将她向上拉，同时她的脚也踩上了金属桩。

突然之间，整个世界似乎都着了火，大面积的灯光从上方、从身旁、从所有方向瞬间聚集起来，准确而无情地落在他们身上。

利马斯什么也看不见，他撇过头去，疯狂地拉丽兹的胳膊。这时她悬在空中，他想她肯定是脚下打滑了，于是他拼命叫喊，手仍然在将她向上拽。他什么也看不见，眼前只有一团五颜六色的光在疯狂地跳动。

接着便响起了歇斯底里的警报声，有人发疯一般叫喊着各种命令。他半跪着跨在墙上，抓住了她的两条胳膊，一寸一寸向上拉，他自己都快掉下来了。

这时，他们开枪了——单发，开了三枪或四枪，他感到她的身体一颤。那细瘦的胳膊便从他手里滑了出去。他听见柏林墙西侧有人用英语叫喊。

“跳啊，亚历克！跳啊，兄弟！”

这时候人人都在叫喊，英语、法语、德语，混在一起。他听见史迈利的声音就在附近。

“那个姑娘呢，那个姑娘？”

他用手遮在眼睛上方，使劲朝墙根下望，最后总算发现了她，躺在那儿一动不动。他犹豫了片刻，然后非常缓慢地顺着原来那些金属桩爬了回去，最后站到了她身边。她死了，脸侧向一旁，黑色的头发挡住了脸颊，好像在为她挡雨。

再次开枪之前，他们似乎犹豫了一下。有人叫喊着发布了命令，但没人开枪。最后，他们朝他开了两三枪。他站在那儿，瞪大眼睛四处张望，像斗牛场里瞎眼的公牛。倒地的时候，利马斯看见一辆小车，被两辆大货车挤在中间，孩子们站在窗前，欢快地挥着手。

后记

《柏林谍影》——我的第三本书——改变了我的生活，让我不得不使出浑身解数。这本书出版之前，我基本上是秘密写作，躲在秘密世界的高墙之后，用的是另外一个名字，也没有评论界的严肃评判。这本书上架之后，我安静、缓慢的成长之路，算是到了尽头，尽管我也曾努力挽回，比如和家人一起逃到一座遥远的希腊岛屿上。因此，《柏林谍影》是我纯真年代的最后一部作品，从此以后，我的各种实验，无论好坏，都只能在公众的目光下进行。此后多年，对出版界来说，已经没有勒卡雷的“小”书这回事了——这种对事实的扭曲，任何称职的艺术家，都会既渴望又憎恶。

这本书是我在大约五个星期之内集中完成的。凌晨时分，我在英国大使馆为我在柯尼希斯温特租的房子里写；在大使馆的办公桌上利用零散时间写；甚至开车坐轮渡往返莱茵河上时，我也趴在汽车的方向盘上写。阿登纳总理气宇轩昂地前去上班途中，也要坐轮渡，有时我的车和他那辆巨大的装甲梅赛德斯（也许是奔驰？）就并排停着。到了大使馆办公室，我向大家报告总理在阅读什么报纸，大家便兴奋起来，使馆新闻部的人总是快速推断出哪位首席记者可能影响这位伟大人物的想法，不过我想恐怕谁也不会影响他，他早就过了受他人影响的阶段了。有时候我和他目光交接，偶尔我似乎觉得，他还在冲我微笑，我开的是一辆小希尔曼哈士奇，挂着外交牌照。不过，那时候他看上去已经像一位古老的红发印第安酋长，他的表情不会遵从凡夫俗子的规律。

让我不停地写下去的，当然是柏林墙。墙刚刚修建的时候，我曾从波恩专门飞过去看。我和大使馆一位同事一起去的，一帮被洗脑的小混蛋正守卫着克里姆林宫这座最新的堡垒。我们狠狠地瞪着他们那黄鼠狼一般的脸，这时同事告诉我，把脸上那坏笑的表情收回去。我没意识到自己在坏笑，遇到特别严肃的时刻，我脸上就会露出有些顽皮但没有恶意的笑容，当时大概就是这样的。我眼前所见，没什么值得坏笑的，我内心中只有恐惧和憎恶，这正是我该有的情感：柏林墙是个终极剧场和终极符号，昭示着意识形态走火入魔后的丑恶。

我们太容易忘记那恐怖了。第一批障碍物建成的消息传来，工人们正在我柯尼希斯温特住所内粉刷餐厅的墙壁。他们是善良的德国人，安安静静地把刷子洗干净。他们又是爱家的好人，所以洗完刷子就回家了。大使馆召开了秘密会议，讨论各种撤离方案。然而，如果世界末日即将来临，你又能撤离到哪儿去呢？弗里德里希大街的过境点迅速成了尽人皆知的查理检查站，在一百码的公路上，美国和苏联阵营的坦克相互对峙，炮口对准了对方的塔楼。双方的坦克引擎不时相互嘶吼，据说是要让坦克热身，随时准备冲锋，实际上那不过是心理战，像大决战之前的拳击手。墙的另一侧，英国、美国、法国、西德的情报机构都被打了个措手不及。据我所知，谁都没能预料到这一事件，现在他们必须承认失败的后果。反正其中不少人很可能也另有所图。其他人一律被称为留守特工，此后只能通过隐藏的电台和预先设定好的秘密书写系统进行交流，那正是为这种不时之需准备的。有了柏林墙，特工的行业会变得更加隐秘、危险，更加疑虑重重，当然也比以前更加拥挤。苏联特工——现在困在西德的那些人——心里是怎么想的，我只能猜测。不过，实际上他们当然不是真困住了，只是秘密工作的开展，越来越不方便。

而柏林墙，就一直立在那儿。不断加固、增高。周围设了雷区，泥土被清理得寸草不生，连兔子留下的爪印都清晰可循。偶尔有人从墙上爬过去，或者硬冲过去，或者从下面挖过去，或者将自己变成滑翔人，从墙头飞过去。那些勇敢的故事，自成一段漫长的历史，成功出逃的那些男男女女都是英雄，也许是因为他们人数实在太少，当然是因为他们都极为勇敢。今天阅读东德新闻之时，对柏林墙尚有记忆的人，当然会在少数人的英勇行动和多数人即将到来的解放之间建立起联系。在这个意义上讲，我们西方的舆论宣传是完全正确的。东德政权的确遭到它所统治的人民的憎恨。出逃者便是现在这支人数众多的大军的先锋队，针对东德领导层那些腐败权贵们的指控在事后看来，几乎每一例都有充分依据。也许这会让我的小说更令人悚然。

是什么促使我去写这本书呢？这个念头是从哪儿冒出来的呢？——事隔多年，任何答案都可能有失偏颇。我知道，当时我对职业生涯和个人生活都深感不满，正经受着极度的孤独和迷茫。那种孤独感和愤懑感，也许对亚历克·利马斯的塑造多少有些影响。我知道，那时候我渴望爱情，但我的过去、我的内敛，又让爱情无法企及。因此，小说中的铁丝网和各种阴谋，也许是我个人自由之路上重重障碍的体现。我长时间生活窘迫，我喝酒成瘾，我开始在最深的层面上怀疑自己的职业选择。先拥抱一个机构，然后又拼命逃离——这一熟悉的过程，当时正影响着我的婚姻和工作。看着柏林墙，就是看着挫败本身，它触发了我心中的某种愤怒，最终也会无意间进入小说。我敢肯定，当时的采访中，这些事我只字未提。也许那时候我在很大程度上仍然是个间谍，也许我对自己不够了解，不明白讲述一个巧妙的故事，其实也是在我个人的混乱之中，创造出某种愤懑的秩序。

此后，我当然不会再以这种方式写作。有个阶段，大家说我是“一本书主义”，说《柏林谍影》是巨大的侥幸，后来的所有东西都是尾声。后面那本书——《镜子战争》——更接近真实，更贴近我所经历的痛苦，英国评论家们却说它没趣味、不真实。也许真的是这样吧，因为我已经不记得任何善意的英国声音。

然而，《柏林谍影》受到了巨大的赞誉，我也为此受到了惩罚，而且我心里知道。我的婚姻破裂了，我经历了名声带来的各种孤僻症状，很多作家都经历过，尽管他们假装没有。我找了个聪明的新妻子，努力重新振作起来。我终究还是熬过来了。于是，写的作品不如人意，不能每次都用尽所有才能，不能看到也许存在也许不存在的更大潜能，我都没了借口。

不过，我当然不会忘记，历史某个丑陋的片段与我绝望的内心偶然相逢，让我在六个星期内，写出了这本改变了我生活的小说。

约翰·勒卡雷

1989 年 12 月